中公文庫

月《つき》白《しろ》　道

中央公論新社

『月白の道』復刊の序

戦記『月白の道』初版本の上梓は十七年前である。絶版のまま打ち過ぎたが、今日に至るもしばしば再版への問合せがある。北ビルマや中国雲南の戦場にかかわりをもつ御遺族が、いかに数多いかという証左である。版をおこすのは生きのこった私の義務。ながい間の絶版をおわびしなければならない。じつは『月白の道』以後の、私たちの敗退ぶりを多少なりと書きとめて、それを再版本に添えたいという心づもりがあって、今日まで復刊が遅延した。この夏ようやく小文を草して『南の細道』と題し、あわせて一冊にまとめた。初版の折りの、畏友安西均のありがたい序文と内野秀美画伯がえがいた肖像は、今回もそのまま頂戴した。

戦場には、ついに最後までその真相がわからずじまいという問題が多い。生きのこった私たちが、表現しても表現しても、沈黙の空間は海のように深く暗い。永遠の秘密として、歴史のひだにたたみこまれてしまうだろう。『月白の道』の場合、私のぺンではたどり着けぬことがいっぱいあるが、それよりも戦争のうらにあるからくりに頸をかしげたいことが少くない。たとえば、水上閣下にとどいた「貴官を軍神と称し二階級上進」の電報にせよ、公刊戦史には打電の事実はない。あの電報の発信者はまぼろしの人ということになる。電報内容を承知しているのが私だけなら、誤聞として否定されてもやむをえないが、閣下とおなじ壕にいた執行少佐にせよ、暗号係の将校であった二宮大尉にせよ、電文を確認しているのである。

戦争については、書けぬことと書かぬこととがある。書けぬこととは戦場にてじぶんの守備範囲を越えた問題であり、同時にじぶんの執筆能力の限界である。書かぬことは倫理的な判断による。それをどこまでも追いつめるのが勇気であるか、化石になるまで忍耐するのが勇気であるか、私は簡単に答えることができない。

この一冊によって私は私の戦後をむすぶ。戦争の理不尽を訴え、同時に戦場において極限にまで痛めつけられたヒューマニズムが、しかもなお美しく屹立していたことを語ったつもりである。

昭和六十二年九月

丸山　豊

初版の序　丸山さんの倫理

安西　均

西日本新聞は、私のふるさとの新聞である。近年、まいにち送ってもらっているが、昨年の夏は丸山豊さんの「月白の道」が夕刊に連載され、一回も欠かさずに愛読してきた。

都塵の日々にまみれて、深夜に帰宅したときなど、ほかの夕刊や手紙の束をひらくまえに、このコラムを一読しておいて、あとでまたウィスキーグラスをそばに、ゆっくり再読するというふうであった。そういう読み方は、ふるさとの夜気のなかに対座して、丸山さんのあの軟かくものしずかな口調に耳をかたむけている感慨さえ湧いてきた。

まったく丸山さんは、昔からこのような語り口をするひとである。私ははたちころから今日にいたるまで、詩を介して兄事しつづけてきた。その歳月のほとんどはめったに酒をくみかわす機会も失なっているが、詩を語るときも世事を話すときも、この詩人この医師の、あたたかくしずかな口調に変りがなかった。

　詩であれ世事であれ、酔いつつも醒めていずにはおれないのが、このひとである。なべての陶酔が、胸の暗部で醜悪に饐《す》える刹那に、覚醒の疼痛に耐えようと決意する、そういうひとである。この常住すずやかな月光のように醒めたこころこそ、言葉の生硬をいとわずにいえば、このひとの倫理なのだ。いわばそんな語り口で、丸山さんはおのれの戦争体験について、二十数年ぶりにはじめて口をひらいてくれた。

　新聞連載の終ったのが心残りのような、あるいはこれ以上書き進められたら息苦しくなるような思いで、私はいま切抜き帳《スクラップ・ブック》をまえに茫然と立ちすくんでいる。それは丸山さんの倫理が蒼白と照らし出した、東南アジアの山河であり、人間生命の群れのたたずまいである。心残りと息苦しさは、むしろ筆者のほうにより深いことであろう。

　文章という表現の世界には、私がいうまでもなく微妙なものが横たわっていてたとえばこれが随筆のかたちでなく小説のかたちをとったとすれば、あるいは書き足りない深部を明晰にしうることもある。丸山さんは十分その筆力をもっているにかかわらず、なにせ医業が忙しすぎ、それに近ごろはいくらか健康も不調だと聞いている。この連載随筆に時間を割く気になってくれただけでも、心から労をねぎらいたい。

　私たちの周囲には、あの戦争から生還しながらも、生涯を無口で終ろうとしているひとびとが、まだまだ無数にいるはずである。しかも丸山さんが文中でいっているように〝戦争追想の酔いをおさえながら、醒めつづけ痛みつづけること〟は、これこそ人間の尊厳をまもるために最も必要な勇気だといえるだろう。戦記というものの正しい読まれ方は、そのような語り手の勇気の火種を、私たち聞き手が素手で貰い受けつぐことだと思う。

（一九七〇・四）

目次

I

月白の道　13

II 南の細道

III　丸山豊をめぐって

月白の道

戦争散文集

浜田知明　画

内野秀美 画

I　月白の道

中　国
雲南省
印　度
ミートキーナ
騰越
芒市
拉孟
畹町
昆明
ビルマ
メイミョウ
ラシオ
シャン高原
タウンギー
ハノイ
（旧仏領インドシナ）
イラワジ河
ケマピュー
サルウィン河
チェンマイ
メナム河
海南島
ラングーン
モールメン
タイ
メコン河
ナコンナヨーク
バンコック
南シナ海
ベンガル湾
サイゴン
スマトラ
シンガポール
ボルネオ

虫歯

私たちはおたがいに心の虫歯をもっていたほうがよい。ズキズキと虫歯がいたむたびに、心のおくの一番大切なところが目ざめてくる。でないと、忘却というあの便利な力をかりて、微温的なその日ぐらしのなかに、ともすれば安住してしまうのだ。さえざえとした一生を生きぬくには、ときどき猛烈な痛みを呼びこむ必要がある。

私にとって、戦争の記憶は、とりもなおさず、抜歯のきかぬ虫歯である。折りにふれて痛みだし、世間智におぼれそうな私を、きびしい出発点へひきもどす。みずからへの問いがはじまる。戦争とは何であったか。死をくぐりぬけるとはどういうことか。最後にそこでなにを決意したか。戦友の末期《まつご》の声はなんであったか。それは今日の私の世界観とどう結びついているのか。

この場所をかりて、私はしばらく戦地の話を書きつづけてみようと思う。戦後すら終わったといわれるとき、なにを好んでいまさら戦争の傷にふれるのかと、非難するむきもあろう。しかしながら、日本のすべての家庭は、二十数年前のそのころ、じぶんたちのごく身近にありありと、戦死の黒いリボンを結んだのである。ことに、私がいた北ビルマや雲南省は、龍《たつ》とか菊とか狼とか呼称する、おもに西日本出身の兵隊がたたかったところ。忘れられたあなたの父や兄が、歩いたり眺めたり、走ったり泣いたり、あきらめたり叫んだり、また咳《せき》したり尿をしたりしたところ。私がしたためてゆく戦地の挿話のなかから、私の小声の訴えをききとってほしいのである。

ついでに書いておきたいことがある。いくさに敗れて、日本にかえりついたときに無季の一句がうまれた。

富士眩し帰りつきたる和魂《にぎたま》に

ふるさとの橋本薬剤将校の家で、帰還将兵の最初の集会をした。そのときはしぜんに、階級序列なしの車座をつくって、これからの協力をちかい合った。たしかな民主主義の根が、ここからのびてゆくと思われた。ところがいつのまにか、形だけの民主主義、すなわち体制に組みこまれた民主主義が枝をはった。昨年のある旧軍人の会合など、戦地のままに階級順で整列し、レコードの軍歌はなりひびき、数十名の自己紹介を兼ねたあいさつのうち、戦争の意味をあらためて問う気配があったのは、たった二人だけであった。

私がここで言おうとしているのは、どの政治的な考え方が正しいとか正しくないとかいう大それたことでなく、それ以前の、人間がそこで産《う》ぶ声をあげるもの、桜色のヘソノオのようなもの、そのかなしさなつかしさのなかで、つねにはっきり目ざめつづけたいという願いである。

雲南の門

いま私のてのひらに、うすっぺらなパンフレットがある。題して『句集龍舌蘭』。内容は二十二名の将兵の、あまりうまくない俳句を百いくつ。中国の雲南省にたたかって龍部隊と呼ばれた私たちが（ほとんど九州出身）復員と同時にめいめいの記憶による自選作をあつめたのがこの句集である。最初に、吉岡禅寺洞のまな弟子であった石田光明君の句がならんだあとに、

月白の道は雲南省となる

とあるのは、私の駄句。月白《つきしろ》とは、いま月が出ようとするときの空のしらみのこと

で、逃げまどう中国兵を追うて、はじめて雲南省に足をふみ入れたときの感懐である。この国境の町をワンチンといったが、はやくも戦死した友人を茶毘《だび》に付する一すじのけむりが丘にたちのぼり、その周囲からとっぷり暮れて、やがてほのぼのと空がしらみ、ビルマと昆明をつなぐ公路が、まぼろしのあかるさで夜のなかへのびていた。俳句は不得手な私のこと、やっと形がととのっただけの作品だが、戦争のおくの戦争、異国のおくの異国へ、いよいよ歩をすすめるという深い思いの即吟であった。

その夜また、車をつらねての急進撃がはじまり、逃げおくれた敗走兵を追いぬきつつ、午前五時ごろ、同車の司令部付き高級軍医にとつぜん下車を命じられた。

「いま通過したのが龍陵《りゅうりょう》という町らしい。丸山少尉はここで下車して、あとから来る衛生部隊に、あの龍陵で野戦病院を開設するようつたえよ」

というわけである。とにかく月あかりの夜の見知らぬ場所。公路のかたえの崖にほどよいくぼみがあって、そこにかがみこんで拳銃の安全装置をはずし、衛生部隊の到着を待った。崖のすぐ上に間道みたいなものがあるらしく、ときどき人の足音が通過してゆく。低い話し声もまじっている。中国語のようである。この日にいたるまで、すでに六ヵ月の転戦をつづけてきたものの、たったひとりで戦野にとりのこされるのは、はじめての体験であった。

夜があけてきた。月はずいぶんかたむいた。公路のありさまやあたりの山々の様子がかなりはっきり見さだめられるようになったとき、公路上をひとりの男が、すたすたと私のほうへあるいてくるのに気づいた。紺の服をきているが、農夫のようでもあり兵隊と見ることもできる。

「さては！」

とたちまち緊張した私へ、かれはだんだん接近してくる。私は拳銃を擬した。そして左の手で、

「近づくな、近づくな」

と合図するのだが、かれは相かわらずの速度で私によってくる。私は発射した。私は生まれてはじめて、この手で人間をあやめた。

石の小道

雨季が近づいた。夜はホトトギスが、不穏な鳴き声で旅愁をさそった。フィリピン、

ボルネオ、ジャワ、ビルマ、そして雲南省へと、やすむひまなしに戦い進んできた私たちの部隊は、敵を怒江《どこう》の対岸に追いはらって、この龍陵の町に陣地をきずき、はじめて長期駐屯の姿勢をとった。

龍陵は冥府のように、くらい湿っぽい町。ながい間、女性的なすべてに無縁であった私たちは、ふとしたことにいら立ちやすく、おたがいの表情もとげとげしくなった。部隊の内側から、なにかとんでもない事件がおきそうな気色であった。故国からの女性たちの到着など、まだ予想もされない。なんとかここに、性の対象をもちこまねばならない。それを司令官や参謀たちは苦慮したものとみえ、私の同僚の中野中尉が呼びだされた。

中野中尉はギロリと瞳のするどい男。そこで私たちはギロチンという愛称で呼んだが、じつは心根のやさしい仏教信者。つねに如来さまの像を膚身からはなさず、朝と夕には念誦《ねんじゅ》を欠かさない。

おひとよしの中尉は、命令の「あたらしく酒保（軍隊で酒や日用品を売るところ）を開設するために」という表面の目的をかたく信じて、数名の部下をつれて女あつめに出かけた。このあたり、主要道路をはなれてすこし山深くたどってゆくと、大小さまざまの土侯たちの所領である。その土侯のひとりに会って、見目うるわしき少女の提供を交渉した。

中尉はみごとに戦果をあげて、つまり、ういういしい少女たちをつれてもどってきた。みどりの髪を三つ組みにくんで、白の上着にまっくろのもすそ。龍陵のしめった石だたみをふんで、はだしの少女たちがあるいてくる。久しぶりに見る柔和なものの美しさ。そして、私たちの部隊が意図したことのみにくさ。

ついに真相を知った中野中尉はふんぜんとした。司令部では、日本軍の尊厳と実利をめぐって活発な論議がわいた。卑劣なくわだてがめいめいの心のなかで破棄された。あやまちを矯《た》めるにためろうことなかれ、司令部から第二の命令がでた。「酒保は開かない。中尉はこのままあの女性たちを、土侯のもとに返しにゆきなさい」。

中尉は、大分県のおくになまりを丸だしに、涙をながしてよろこんだ。なにが起ころうとしたのか。戦争とはじつに恥しらずなものであるかを、つゆ知らぬあどけない土侯の少女たちは、ふたたび敷石の小道をたどって谷のむこうの原始林へ消えてゆく。とつぜん驟雨《しゅうう》のようなざわめきがおしよせ、見れば手長猿の大群が、谷から谷へわたってゆくたけだけしさであった。

中野中尉は翌々年の秋、この龍陵から四〇キロへだてたトウエツの城で、全員戦死の仏たちのひとりとなった。

野菊

龍陵は、苔《こけ》のようにしめっぽい町であった。山々にとりかこまれて、南へゆけば芒《ぼう》市《し》、西へゆけばトウエツ、北へゆけばヒマラヤからながれてきた怒江のこみどり、そのいずれにも急行しておよそ一日行程である。芒市と龍陵のあいだで、亜熱帯がとつぜん温帯になる。草木はもちろんのこと、光のかげりも人の気質も。

龍陵は、ふしぎな富をもつ町であった。たとえば、こんなことがあった。長期の駐屯ときまった日に、兵隊がこしらえたにわかづくりの厠《かわや》に用を足そうとかがみこみ、ひょいと両の足のふみ石を見ると、大きなヒスイの原石である。どこから運んだのかと尋ねると、目の前の倉庫からだと言う。寿の文字を図案風にえがいた扉《とびら》は、なかばこわれている。倉庫に入っておどろいたのは、私の肩の高さの七、八本ずつの象牙の束が、部屋いっぱいに並んでいるし、階上には、ひとつひとつ風雅な名を墨で書きこんだヒスイの原石が山づみになっている。

この龍陵のもう一つのふしぎは、地のはてを思わせる隠微な町にかかわらず、あちこちの民家からおびただしい数のマルクス・レーニン主義の教本が見出されたことである。『新中国詩人全集』もあり、いまは敵とはいえ、前衛詩人のなじみの名もいくつか見えて、ぱらぱらとひもときながらなつかしかった。

駐屯して数日、怒江の右岸の陣地にコレラが発生して兵隊が死亡しているということで、軽機をのせた車を駆って状況をしらべ、たぶん黒水熱（マラリアの合併症）だと判断して夜の龍陵へひきかえした。その夜あけから、敵は総反撃をしかけてきた。私たちの車は、ゆきもかえりも敵陣のまっただ中をよぎったことになる。敵のうごきが隠密《おんみつ》であったので、知らぬが仏の私は口笛をふきふき、夜のドライブをたのしんだわけだ。

敵は三方の山から攻撃してきた。私は丘の斜面に身をかがめ、双眼鏡で戦況の推移をみつめている坂口司令官にはべっていた。私の仲よしの宮原少尉が一個小隊をつれて増援にでることになった。連隊旗手をつとめたばかりの、まだ二十歳の歩兵将校である。

以前に私は、すでに四十歳をすぎたと思われる老兵に、かれがなにやら説論している光景を見て、軍隊ではあたりまえのことながら思わずふきだしたことがある。あの少年少尉が、さながら父親の口調でいましめていたし、聞き手の老兵は、いたずらをした中学生のようにかしこまっていた。

ところで、紅顔の少尉は、足もとの野菊一輪を手折って軍刀のツバにさし、勇躍して突撃した。北を向いている私たちのちょうど真正面の稜線に、散開した宮原小隊がよじのぼってゆく。みごとに砦《とりで》をうばった少尉が、つぎの瞬間、私たちの視野のなかで、古代ローマの決闘でも見るように美しくあっけなく、この世の生を完了した。

奈落

いよいよ雨季。雲はこの一筋町の上に龍をうかべて、よどんだり湧きあがったりながれたりした。雨に落ちる梅の実は、どの実も虫ばんだ部分のほうが多かった。宿舎はひくく暗く、まさに幽鬼のすみかだった。髪も下帯も膚もしめり、雨にぬれながら入るドラムかんの風呂だけが、夕々のたのしみだった。

部隊のほとんどが全部マラリアをもっていて、毎日およそ三分の一が交代で発熱しているのが、町にこだまする朝夕の点呼で明白であった（戦地で、なぜ大声で点呼したのだろう。部隊の情報をこちらから敵に通知しているようなものだ）。悪寒《おかん》がしてブルブルふるいがつく。にがいキニーネをのんで、そんじょそこらの毛布をかぶっているうちに、こんどは体が火よりもあつくなる。犬のように舌をだしてあえぎながら、あらしの通過を待つのみである。

このマラリアも、おもえばまだ足長蜂ほどの恐怖だった。雨季のいただきにおとずれるペストは、私たちの陣営を慄然《りつぜん》とさせた。ぺちゃぺちゃぬれている古い石だたみのおもてで、体じゅうに膿疱《のうほう》をつくって死んでいる野ネズミ。腐敗した獣性のなかで繁殖するペスト菌。こちらにもあちらにも、きのうも今日も。

私たちは学校で、たしかにペストの講義をきいた。しかも頭におさまったのはまるで実感のないその病理と病態である。おなじ恐怖の伝染病としても、コレラについてなら多少の心がまえがある。開戦の四ヵ月前に、私たちは軍医学校に派遣され、南方戦野を予想して短期教育をうけるとき、細菌戦争とか毒物散布とかのものものしい講義のあとで『中国における日本兵コレラ罹患の実況』という、前衛作品の一部分を見るようなふしぎな映画を見た。真っ裸になって、肩から番号札をつるされた人間が、いも虫のように反転するただそれだけの光景であるが「人間が人間以下のみじめさにおちる病気」として、その苦悩をはっきり胸奥にきざみこんだものだ。ペストは悪夢としての病気と思っていた。聖書についてなじみうすい私に、ダンテの地獄編が感動としてどうしても心に定着しなかったように、ペストなどまったく架空の魔霊と思っていたのだ。

毎日ネズミが死んでいった。飢えた野ネズミの大群が印度からペストをはこんでくるだろう。私たちは、すべての宿舎、ことごとくの陣地に、高さ五〇センチほどの鉄板のかこいをした。そのためには敵軍が放棄していった数万枚の鉄板が役にたった。雨にうたれて走りまわる野ネズミの死のひらめきは、この世の終末の無気味さであり、私たちの起居は、鉄板でつくったノアの方舟《はこぶね》のようなわびしさであった。野戦病院では、ペストにかかった兵隊が絶命した。たぶん、リンパ腺のいたみのために、軒をしたたる雨だれの音も耳にいらず……。

卵と泥

戦争をふりかえって、まず頭にうかぶのは水上源蔵閣下の温顔である。個人的にいえば、私は閣下の死によって、今もなお生きながらえているわけである。閣下がくださった第二の人生である。しかし、そうした事情をぬきにしても、水上閣下というあの心あたたかい軍人の像は、はっきり文章へしたためておきたい。このごろいくらか心臓をいためている私が連載の随筆を書いてみる気になったのも、じつは閣下のおもかげをつたえておきたい気持ちがいとぐちであった。

みごとなヒゲをたくわえておられるというわけではなかった。行ない澄ました風貌でもなかった。たぶん、作戦の切れ味がさえているというわけでもなかった。それでいて閣下は、心から敬礼することのできる軍人であり、敵軍すら称賛を惜しまぬ将軍であった。

私がはじめて閣下のお顔を見たのは、昭和十八年三月、マラリア発作のあとの微熱がとれず、病因精査の意味もあって第一線をはなれた私が、シンガポールの対岸のジョホールバル陸軍病院におちつき、ここで健康をとりもどして、クアラルンプール、ペナン、ラングーン、ラシオという行程を、軍用列車にのり船にのりトラックをのりつぎ、ラバの背を借りて、ふたたび雲南の司令部にかえりついた日である。その間に司令部は、くらい龍陵からあかるいトウエッへうつり、司令官は坂口少将から水上少将へ変わっていた。

副官に案内されて、かつては英国の領事館であったという司令部の庭園をS字のかたちによぎってゆくと、バラの木のむこうにまえかがみした初老のひとがいる。そのやわらかそうなたなごころにおさまっているのは、うみおとされたばかりと見えるつややかな卵である。泥と糞をきれいにふきとったその卵に、日付けを書きこんでおられる。まなざしが柔和で物腰はおだやかで、どう見ても人のよいお百姓、それが閣下であった。部隊復帰の申告をすると、

「ゆっくりくつろぎなさい。軍隊というものは、軍医さんがあくびしているかぎり安泰です」

閣下の部屋は領事館の二階であった。つつみかくしのない閣下、そして快楽のない閣下に、たったひとつの秘密のよろこびがあるのを、副官や当番兵は見ぬいていた。

──あの部屋に大きな机がある。机のひきだしにぽつんとキャラメルの箱が入っている。それから閣下の御子息の写真が入っている。ひきだしをひらいて、キャラメルをひとつ口にくわえて、士官学校生徒である御子息の写真をつくづくとながめられる、閣下の秘密のたのしみ。その日常的な人間性が、後日のはげしい状況での、瀑布《ばくふ》のようなヒューマニティにまっすぐ結びついていたのだ。

桃源

学生のころ、雲南省の名をなにかの本で読んだことがあった。それがなんであったかわからず、原隊へ復帰してみてはじめてその書籍を思い出した。パール・バックの本である。彼女のある短編小説に雲南省がでてくる。航空機だけが交通するところ、山賊がわがもの顔に出没する奥地として。

戦争のため中国が公路をつくり、日本軍が軍用道路をひらき、どうやら雲南省に軍隊の自動車がかようようになったが、それがよほどめずらしいらしく、駐車のたびにおびただしい見物人が集まってくる。トウエッの英国領事は、小説にあるとおり、ラングーンへの往復をもっぱら航空機にたよっていた。領事館には一台のピアノがとり残されていたが、これはラングーン港に荷揚げされたのち、ビルマの炎暑を牛車の力をかりて縦断し、国境からトウエッまでは、さらに原始的に人の力だけではこんだそうである。

トウエッは、山また山を越えてきたあとで、とつぜんわが眼をうたがうばかりにひらけてくる桃源境である。水田・林・水車・廟《びょう》・女学校・露天市などの、なごやかな配置の中央に、おもむきのある城壁が各辺およそ一キロの方形をつくり、その内部が城内町、外方が城外町である。城は東西南北それぞれに一つのがんじょうな城門をもち、西門の近くに、石造のヨーロッパ風の領事館がある。それが私たちの司令部であった。

東門のかたわらには、張という長崎医大卒の医師がいた。夫人は長崎生まれの日本人ということであったが、なぜかそれをかくすかたむきがあった。この家には、張氏じまんの水洗便所があった。

気候はまさに日本とおなじ。冬は風花が舞い、ひえびえとした北の空に雪の峰峰がきらめいた。春は梅から桃へと美しさを競い、李氏の実験植物園では、日本の桜もほころびた。夏になると、ケシやボタンの花ざかり、水のにおいのするところでは、ホタルが童話のような灯をつけた。

しかし何よりも、私たちが眼の驕《おご》りとしたのは、野鳥のゆたかさである。ツバメ・オシドリ・カモ・ツルそしてキジ。

雉子《きぎす》翔《た》ちぬ夕日の茅の繁《しじ》揺りて

雉子翔ちいさき群竹夕暮るる

野をあるき丘へのぼり、キジの親子を見つけてはつれづれの銃をうった。獲物《えもの》を手にさげたとき、そのあたたかみからふっと悲哀がわいてきたりした。

日は沈むすでに冷えたる雉《きじ》の胸

ツルは、空をおおいつくすばかりに群れてとんだ。への字、Lの字、一の字といろいろなかたちを典雅にえがき変えながら、血をはくようなかたい鳴き声で呼び合っていた。いずれ訪れる、日本軍のすさまじい最期を、老子のいう玄の力で予感していたのかもしれない。

秋のながめ

しぐれが身がるによぎっていった。町へでよう。反《そ》り橋をわたり、行政班のうらをまっすぐにあるいて、月餅売りやぞうげ細工の店のある大通りを東へゆくと、そこは南門前の広場である。軍装をした龍雲の銅像の帽子のいただきや肩のふくらみが、新酒のように透いた秋の日ざしをうけてかがやいている。

　南門をくぐるとすぐ左手に野戦病院があり、ここのうしろのくずれた個所から、城壁の上になんなくよじのぼることができた。春にはタンポポの白い冠毛がとんでいた城壁の上の道も、いまは雑草がふかく色づき、なかばは枯れたり折れ敷いたりしている。

　空気が澄んでいる。刈田のわら塚や住民たちの動静が近景をつくり、その秋郊の円のはてから、幾重にも幾重にも曲線をかさねて、戦機をはらんでいるとは思われぬ静かな山々がもりあがっている。とりわけ高いのは、ヒマラヤつづきだというコウレイコウ山脈のいくつかの峰である。

日がかたむいて、ツルの家族が鳴きながら羽をやすめに降りてゆくころ、あの山ひだのあちこちから、うすむらさきの細いけむりがたちのぼるのである。そのなかには、原隊と二〇キロちかくもはなれて、わずか数名で警戒をつづけている分哨の、孤独をかみしめているけむりもあろう。また、私たちのうごきをうかがっている敵軍の合図のノロシもあろう。そのいくばくをのぞけば、あのけむりこそ、地のはての雲南で生まれ、ここで土に帰してゆくものの生活のしるしである。ねじれゆく血の歴史に、まさにみじめにほろびるかと見えて、ついにはほろびない人間の生きぬく意志の美しさである。かれがこの草ぶかい山おくに住み、無名の民の精神で、なにをゆたかに許し、なにをはげしく否定しようとするのか、私には少しずつ解けてくるような気がした。

この城からあのすべてのけむりに向かって、はるばると葉脈のような道がのびている。きちんと石だたみを敷きつめ、道しるべをととのえた道もあれば、アヘンの密輸者が風のようにぬけてゆくかくれ道もある。その道にもこの道にも、人間やラバが日がな一日あるきとおして、やれやれと宿を請いたくなるところには、まちがいなく数軒の人家があり、素朴な駅《うまや》の役をはたして、あたたかい煮たきのけむりをあげるのだ。さかのぼれば、うつつの歴史としては諸葛孔明の征旅のこと、まぼろしの歴史には孫悟空の往来のこと、それよりもはるかに古く、漢族とかカチン族とか苗族などという片意地な相違がうまれず、だれもかれもが、世界に出現したままの新しい人間種であったとき、けものみちがつくられるまったく自然な方法で、人間の道がしだいにのびていったに違いない。それからというもの、人間の影と光りで踏みならされてきたのが道である。失神するほど長い時間の内容の、常なるもの、もっとも根源的なヒューマニズムのありかを黙示しているのだ。

徳の素描

私は、いまは内科の開業医をしているために、仕事のことで他の人と、きびしい上下の関係をむすんでいない。頭の上に、他の人間の重量をかぶさっていないのである。軍隊のときは、階級序次のかたいコンクリーに組みこまれていた。じぶんの自由意志なしに、上官と組み合わせられ、変更させられる。偽善者タイプの上官がいた。神経質な上官がいた。野性的な上官もいた。禁欲的な上官もいた。また、律義、ほら吹き、太っぱら、などと、そのタイプも種々さまざまであるが、じぶんの意志をさしはさまれぬために、尊敬に値せぬ上官に遭遇したときほど、みじめなものはない。

反対によしんばその徳性に狭さ浅さ軽さがあろうとも、内部になにか輝《かがや》くものをもっている上官にむすびつくのは、これまた無上のよろこびである。私はこの目で、隊長の矢ぶすまに立った兵隊をいくたびか見た。その行為の是非はべつとして、隊長の日常の徳が、とっさに矢ぶすまに立つ気持ちをおこさせたわけで、兵隊は一種の至福をだいて死んだといえる。軍隊といえども、いやな隊長への矢ぶすまの義務は負わせていない。

朝に夕に水上閣下と接触しながら、私はまず閣下の好人物に心ひかれた。有徳の閣下ではあるが、その徳は非凡というほどではない、と見ていた。それで結構、と考えていた。こういうよき将軍と生死のときをともにしてよいという私のよろこびをあたためていた。

着任早々、占拠地区の各部隊を、分哨のひとつひとつにいたるまでつぶさに巡視されたことは、まず全将兵の感動を呼んだ。実戦と演習を問わず、あやうく落伍しそうになった最後の一兵が陣営にかえりつくまで、営門のかげに長時間たちつくしたあとで、やっと御じぶんの武装を解かれるという人情に、心打たれぬものはなかった。

「兵隊には、うまいものを食べさせてくださいよ」

と、経理の将校に涙をながさんばかりにお願いなさるありがたさが、全部隊に波のようにひろがった。

私は予備役の軍医なので、いくらか話題がゆたかということもあって、堀江屋副官のかわりに閣下のともをして、トウエツ郊外を遠乗りすることが多かった。なにかめずらしいものがあればそこで馬をとどめ、閣下が私に問われたり、私が閣下に尋ねたりするのだが、草木虫魚の類から農事や習俗に及ぶ知識は、すべて閣下が私の先生であった。農家の庭の葉がくれの青い実を「あれが豆柿だ」と教えてくださったのも、廟《びょう》の前の一対のコマ犬とオスとメスの区別法を教えてくださったのも閣下であった。しかし、私の青年くさい批評精神は、常凡な円満と素朴な篤実のひととして、閣下を尊敬しているのであった。

雲南日和

元日。守備隊のぜんぶの将兵が、まだまっくらなうちに兵舎をでて来鳳山にのぼり、日の出を待って遥拝をした。「捧げ銃《つつ》！」、東方日出ずる処の天子に礼をおくっているもの。なつかしの父母に賀を申すもの。初日という自然の荘厳に心打たれるもの。さて私は、去年の年頭を頽廃《たいはい》したシンガポールでむかえた。その前の年は、フィリピンのミンダナオ島で、ヤシの葉を門飾りにみたてての祝盃。もしも寿命がつきぬものなら、つぎの新春をどこでどんな風に祝うものやら。

山を下りて帰営して、はじめはうやうやしく、しだいに活気があふれてゆく賀の野宴。あつもの揚げものすべてにツルの肉をあしらって、戦地生活でのもっともすばらしい会食であった。なみなみとつぐのは、杜氏《とうじ》あがりの日本兵たちが雲南でかもした酒。日本風にタルにつめ適当な銘柄をつけて、色も風味も申し分のない出来ばえであった。

この日も清澄な空に、ツルの雪白の羽がかがやき、ひるさがりの定刻には、夢みるような高さを、アメリカ大型輸送機が北へとんだ。ゆきには昆明に武器とガソリンをはこび、かえりには重慶兵をインドへ送りこむのだ。私たちは雲南へきて、まだ一度も友軍機を見たことがなかった。敵が文明の速度ではこぶ物資を、わが軍はえっちらおっちらと、牛や駄馬や人の力ではこぼうとしていた。そのへだたりなど、私たちの気力でおぎなえばあまりがあるものと、まだ本気で信じていた。

松の内三ヵ日を私たちは心ゆくまで痛飲した。晩秋の作戦では、むかしマルコ・ポーロが通過したといわれる、雲南とミイトキーナをむすぶ隊商路をたどって、敵三十六師を敗走させ、わが軍はひとりの傷者さえださず、みごとな完全勝利をおさめたものだ。敵機の日々の銃爆撃はこれは仕方がないとして、最近の気味わるいほどの安泰も、遠からずくつがえることを、私たちはめいめいのするどさで予感していた。北ビルマのフーコン方面には米式重慶軍六個師団、ヒマラヤ山系の水をあつめた怒江の対岸には、雲南遠征軍の九個師団が、さらに兵力を増し装備をあたらしくしながら、私たちの正面や背後に戦端をひらく準備をいそいでいた。

二月。三月。ある日、水上閣下は、芒市での作戦会議に出席された。翌日のたそがれ、すこし気色ばんで帰ってこられた。私は兵科の将校でないから、くわしいことはわからないが、はるばる怒江をわたっての作戦の是非が論ぜられたという。閣下はその無謀に反対の意見をのべられたものらしい。

四月。五月。北ビルマのミイトキーナの攻防戦がはじまった。五月のおわり、軍司令官の命令で、歩兵団長である閣下がわずか歩兵一個大隊、山砲二門をたずさえて、ミイトキーナの救援にむかわれることになった。

高士と隠士

部隊の半数が水上閣下にしたがって出陣することになった。多くの友人を留守部隊として残すのだが、昨秋の作戦のように、二、三カ月の後には、戦果をあげて帰営するつもりであった。私は住みなれた部屋に、しばし別れを告げるために、故国からたずさえてきた茶の湯のナツメ、抹茶《まっちゃ》、フクサの類、トウエッツ郊外のある村長からもらった『銭南園詩文集』などを、きちんと将校行李にしまいこんだ。一種の不吉は感じていたが、これがトウエッツの風光や戦友の顔の見おさめになろうとは、つゆ予想しなかった。

　文人銭南園の名は忘れることができない。いま久留米の私の家に、戦地をしのぶよすがはなに一つないが、ただ、遺骨宰領にたのんで母へとどけた銭南園詩の拓本が一枚のこっている。銭南園の事績はつまびらかでないが、住民の語るところでは、中央の政界で高名であった由。政治の汚濁をきらって名声を捨て、雲南へ帰国して晴耕雨読のかたわら、子弟を教育し作詩をたのしんだということであるが、よほどの高士とみえて、武人龍雲といってもそしらぬ顔をするひとが、銭南園先生といえば無条件に低頭するし、私も、銭南園の名を知っていることで、いろいろと便利をしたものである。名利をはなれて、おのれが無に帰するまで、その知性と徳性のすべてを郷土にほどこしてしまう例は、日本でもけっして少なくはない。これは、ストイシズムをもつ人間の、幸福な生き方のひとつの型である。その生き方には危険もある。「清い官吏のかたくなさは、きたない官吏の醜さよりも悪い」という言葉があるが、徳と美についてのじぶんの解釈のせまさは、官吏ならずともある種の毒を噴きやすい。

　うらやましい生き方の第二の型として、トウエッの田舎で会った、ひとりの隠士のおもかげを思いうかべる。宣撫《せんぶ》の仕事をあたえられ、ゆたかな村にたどりつき、ある邸宅に礼をつくして一服の茶を請うた。年のころ四十あまりの主があらわれて、書院へまねく。部屋へ足を入れると、その広い部屋の天井といわず壁面といわず、墨書した幅が表装しないままぎっしりと埋めつくしている。かれのひねもすは書をたのしむことにあり、一幅書きあげては天井へつるし、ながめてながめてながめ飽かず、あたらしい心機が至ればまた筆を下すのだという。かれは窓をひらいて、あの山寺をごらんと指さす。遠方の山頂に、北宗画風な寺院が見える。

「なにやら誘いを感じたのでしょう。ふっとあの山寺に出かけ、そのまま気に入ってとどまっているうち、とうとう二十年あまりをあそこで過ごしました」

と笑っていた。地上の戦火なにものぞ、である。この自然に即した悠々とした人生はうらやましい。もはや今日の私たちには、望むこともできぬ超俗の境涯であるが、社会につながらぬ自己をたのしむのは、わがままというより他はない。幸福をむさぼる卑怯《ひきょう》者である。

酔いのいましめ

私たちが水上閣下にひきいられて、二十倍の敵軍にかこまれた北ビルマのミイトキーナへ出発したのは昭和十九年五月。八月三日にはミイトキーナ守備三千名のほとんど全部が戦死、雲南省は十五倍の敵をむかえて、九月七日には、怒江にのぞんだラモウ陣地の六百五十名全員戦死、ひきつづき九月十四日には、トウエツ守備隊の千六百名が全員戦死した。この仏の数のなかに、多くの友人や、心を通わせ合った部下たちの死が、たたみこまれている。

トウエツ守備隊にいて、奇《く》しくも命ながらえた二十数名のひとり吉野孝公君が訪れて、つい先ほどまで、戦地の風物や戦死した友人について、話しこんでいった。戦後の二十年あまりを、おたがいにくりかえし、飽きることなく語り合った話題なので、いまさらくわしく述べる必要はない。「白いパゴダが……」「火祭りの踊り子……」「自決……」「大トカゲは……」「公路の霧……」「ボーイングB……」などと、ぽつりとなじみの主語をもちだせば、それにつづく万感は語らずとも胸を通じ合うのである。だから、ぽつりぽつりと話しながら、ほほはあからみ眼は熱気にかがやいてくる。もともと私たちの回想は美化しやすいうえに、戦場は青春の一切を賭《か》けたところ。戦友たちと戦地の談話をするときに、かならず情緒が熱をもつ。ひとつの「酔い」である。

　ところで、いまこの随筆をしたためながらも、とかく一種の酔い心地がおそってくるをおそれる。会話であれ文章であれ、そこに酔いがなければぴちぴちしたはずみがおこらぬが、酔いがすぎればついひとりよがり。酔いと同時にひえびえとした醒めをもたねばならない。悟性の醒めが、紅さした酔いにひきたてられていよいよ深く醒《さ》め、情緒的な酔いが、醒めの蒼白によって意味のあるたかぶりに変わるようにしたい。それは市民のなかの市民であり、常識にとりまかれた世界に住む私たちが、生きる意味をたかめる心の操作である。そこから、普通の生き方をしながら、普通の生き方の悪と矛盾をみずからえぐりだしてゆく方法がうまれる。

　私たちはじぶんの声の質にふさわしく発言すればよいし、じぶんの脚力に応じてあるいてゆけばよい。じぶんの視力が、ひとよりすぐれたものであるなどと、思いあがらぬがよい。世のなかをシニカルにながめる前に、まっすぐに見ることをおぼえよう。反俗のために反俗になったり、変形のために変形したりするのを避けよう。否定のつよさよりももっとつよい視力で、真正面から世の中を見つめているうちに、おもむろに生の奥義が透けてくるのを信じたい。

私は、戦いのある日ある時の真相を書こうとしているのでもなければ、声高く私じしんの汚れた手を告発しようとするのでもない。この随筆は一種の酔いをおさえながら、戦時から今にいたるまで、鎮魂のねがいをこめて、醒めつづけ痛みつづける胸奥の覚えがきである。

夜のふかさ

夜を日についで、私たちはミイトキーナへ急行した。雲南の芒市からビルマのナムカンへ出て、ここから数本のイラワジの支流を渡河してまっすぐにミイトキーナへ北上するこの道は、古代のマルコ・ポーロ道路である。まだ雨季のはじめだが、はやくも道はどろんこだし、どの河も刻一刻と増水している。顔をたたく大粒の雨。まっくらやみ。先頭に駄馬をあるかせて、ひとりの兵が尻尾をにぎる。その兵の帯剣をつぎの兵がにぎる。こうして盲同然のながい列ができる。いとおしや駄馬は、いななきも忘れて一心不乱に、暗夜の山みちをあるきつづける。もし分かれみちがあって、馬が勘を失うものなら、隊列はたちまち敵の密林へ迷いこんでしまう。

小休止になる。兵隊たちはぬかるみの上に音をたててたおれる。背嚢《はいのう》ぐるみうしろへドタリとたおれこみ、頭がぬかるみにとどいたときは、もう眠りについているのである。

食事のための小休止となれば、兵隊の知恵をつくした魔術がはじまる。小休止の予告があると、あるきながらハンゴウに米を入れ雨水を入れ、濡れた小枝をそそくさと集め、湿気をふせぐため膚身につけているマッチをたしかめておく。停止と同時に、火をおこし、とにかくたきあげて胃袋におさめる。前進の命令が先頭から後方へ、にぶい声で伝達されてゆく。食器をまとめてあるきだす。その間じつに十七、八分という、おどろくべき早業である。

ミイトキーナへ約五十キロの地点で、先頭の兵隊たちが地雷にふれた。ゲリラ用の小さな地雷をエンピツ地雷、戦車への地雷をアンパン地雷と呼んだが、こうした地雷の地雷原に前衛が足をふみ入れて、部隊の前進がとまった。私の部下の衛生兵も、腰をおろしたら何やらかたいものがある。どうもアンパン地雷らしいとつたえてきた。

後尾のほうでも負傷者が続出している様子である。道は雨にけむり、右を見ればいまにもくずれそうな崖だし、左手はふかさの測れぬ暗い谷である。ここで敵襲をうければ、ほどこす術がないというところ。つよし弱しの息継ぎはあるものの、豪雨は夜になっても降りやまず、崖から落下する水が、私たちの足もとでもんどりうって、左の谷へ滝のように落ちてゆく。地雷の排除がひまどっているものらしく、夜ふけになってもまだ隊列がうごかぬ。水上閣下は、日本馬の足にもたれ、起立したままじっと時の経過を耐えておられた。そのかたわらの私は、小さな駄馬によりそっていた。とうとう閣下は、そして私も、いつの間にか眠っていたようである。この夜以後、私は立ったままでも眠れるという特技を身につけた。

ここで、書き添えておきたいのは、地雷に負傷した将校が、このどしゃぶりの状況で、衛生隊の軍医によって、大腿《だいたい》の切断手術をうけたことだ。小さな天幕の下、懐中電灯のあかりがたよりであったろう。うめき声は、雨に消されて私たちにまでとどかなかった。

死ぬべき町

激戦中のミイトキーナは指呼の間という川岸について、身のたけよりもはるかにのびた印度チガヤのかげで、渡河の順番を待った。故国の筑後川の豆津の渡しほどの川幅である。雨ははれたがめずらしく敵機も見えず、ひろびろとした平野に出たのがうれしくて、服をまとめて頭にのせ、濁流をじゃぶじゃぶあるいてゆく兵隊たちに、避暑地の海水浴場のような笑いがあった。みんなそれぞれたくましいものを丸出しにしている。その川越し人夫さながらの列がすこしくずれたと見ると、足をとられた数名の兵隊が、下流の方へながされてゆく。その溺死が、まるで嘘《うそ》のようにあっけないのだ。

渡河をおわったところで、主計の執行大尉（いまの大牟田商工会議所会頭）、堀江屋次級副官（平戸うまれ）、作戦将校の山田中尉（のちの小倉駅長）、古賀中尉（柳川出身）、二宮中尉（久留米出身）その他司令部付の将校があつまって水上閣下をかこんで夕食をとり、閣下がここからは徒歩でゆくといわれるので、その乗馬を山田中尉が借りた。ものの一キロもすすまぬうち、大音響とともに中尉の身体が吹っとんだ。馬が地雷をふんだのである。馬ははらわたを出して即死、中尉の足はみじんにくだけて血を噴いている。私と衛生兵とで、仮包帯をして、衛生隊の担架にあずけた。どろどろと春雷のような音がしているミイトキーナまであと一息、夜もすがらの強行軍である。翌朝、ネムの大樹のある村を通り、イラワジの渡河点に着く。いぶし銀の逆波が立っている。対岸は、東西一キロ、南北三キロといわれるミイトキーナ市街、重慶軍三個師団とアメリカ工兵隊および歩兵隊よりなる二十倍の兵力にかこまれて、いまは無気味にしずまりかえっている。私たちのこの渡河点は分厚い包囲のたったひとつのほころびである。

やがて死ぬべき町へ、それとも知らず私たちは、工兵隊の発動艇で渡河をおえ、白人墓地の壕のなかで、砲声や銃声をききながら午前中待機。ひるすぎ、司令部の宿舎にあてられた木造二階建ての英人住宅へ急行し、さっそく庭園に数個の防空壕を掘りはじめる。市街のちょうど中心である。夕方は、菊部隊の丸山連隊長を訪問される閣下にしたがう。連隊長やや傲慢《ごうまん》。暮れてから、第一線陣地への巡視に随行する。茅《かや》ぶきの小屋で、若い中隊長から前線の戦況の聴取。この小屋の話し声が敵陣へきこえるほど、両軍が接近している由。ところによっては、敵とのへだたりがたった五メートルということである。

茅の病舎

戦えばかならず勝つというときの状況で、戦争とはこんなものと早合点してはいけない。龍部隊の私たちのきのうまでの戦いは、どこかにまだ一種のさわやかさがあった。ことにミンダナオ島からジャワまでの早い進撃は、ゲームのようなこころよいリズムをもっていた。北ビルマの菊部隊の数カ月前からの苦戦こそ、地獄図をえがく真の戦闘というものであろうと、おどろきながら考えなおしたのは、ミイトキーナの野戦病院の門をくぐったときである。

病院の入り口から本部にいたる一本道に、もぞもぞ這《は》ってゆく兵隊もあれば、苦しそうにいざってゆく兵隊もある。道のかたえの草むらで、眼をすえたままうめいている者もいる。

たぶん力つきて絶命するのだろう。

「きみたち、どこへゆく?」

答えはない。泥まみれの顔で私を見あげるのだが、そのまなざしのとげとげしさ。渇いているのである。飢えながら渇いているのである。一ぱいのうるおいをもとめて、掘り井戸の水の匂いへにじりよってゆくのだ。井戸のへりへたどりついたときには、たぶん力つきて絶命するのだろう。

私は山田中尉に会いにきたのだ。衛生隊の担架で、この菊の野戦病院に送りこんだ中尉の、その後の容態をしらべるのが、私の任務である。灌木林のあちこちに茅《かや》の小屋があり、これが病舎や兵舎というわけであろうが、どこに中尉を収容しているのか、皆目見当がつかぬ。軍医もいなければ衛生兵も見あたらぬ。敵軍の層のあつい戦線にくらべて、兵力のすくない日本軍のは、散開した兵隊のただ一条の輪をむすんでいるだけで、野戦病院もほとんどが第一線で銃をかまえているのである。

ようやく、将校の病舎をたずねあてる。小さな部屋の土間に、十名あまりの傷者がごろりと寝せられている。寝ワラもなければ枕もない。足の踏み場もないくらいぎっしりと二列にならんで、列の間のせまいところに、さしわたし三十センチ、深さ五十センチほどの穴が二つ掘ってある。これが厠《かわや》というわけであろう。しかし、手助けをする者がいないかぎり、この穴まで這いよるのも困難であろう。枕もとに、小さなムスビが一個、または二個、これが一日分の食事で、朝早くに衛生兵が一回だけくばってくるそうである。おかずなし。

山田中尉は、私の訪れをよろこんでくれた。どうやら痛みには耐えられるようであったが、はやく退院して司令部にもどりたいといった。中尉のかたわらの将校の寝顔をのぞくと、まるきり呼吸をしていない。ぽかんとひらいた口ばたを青いハエが二、三匹、出たり入ったりしてあそんでいる。もうすぐウジをうみつけるのだ。

「これはいかん。仏になってるじゃないか、いつからだろう？」

と私が指摘しても、だれもかれも自若としている。

「ゆうべかな。それとも夜中かな」

地下へ

時のながれを追ってつぶさに話すのをやめよう。とにかく私たちは、日に日にはげしくなる砲火をさけて、じめじめした地下へもぐった。

Lのかたちをした防空壕の、タテの線にあたるところに、高級、次級のふたりの副官、執行主計、二宮中尉、古賀中尉、私。ヨコの線に当番兵がかしこまり、ここからおくへ畳二枚ほど掘りひろげて、水上閣下の部屋ということにした。土牢《つちろう》の感じである。閣下と連隊本部のあいだは、連絡将校がゆききする。壕の枠《わく》組みはがんじょうだが、天井はひくくて、舌切りスズメのおばあさんの格好をしなければあるくことができない。壕の入口も出口も、洋風の庭にひらいている。壕の入口の土のきざはしに立ってあたりをながめると、庭の任意の場所に、暗号班や無線班の壕口が見え、予備の小さな壕やタコツボ（天井のない個人壕のこと）もあちらにいくつ、こちらにいくつ。無線班の壕の上には一むれの竹がすくすくとのびて、竹にスズメの言葉どおり、ビルマのスズメがなじんでいた。若みどりのネムの葉や深みどりの菩提樹のむこうに、火の色にもえた生け垣が横の線をつくり、その上に屋根だけ見せているのは連隊長の宿舎、たぶんそのうしろは、ここから見とおせぬけれどイラワジの河面である。

閣下と連隊長のあいだに、はじめから気まずさがながれた理由は、あらためて問うまでもなかった。空輪によって兵力を増しつづける米支連合軍に対して連隊長が指揮してきたミイトキーナ部隊は、数はどうやら千五百名というけれど、兵站《へいたん》部隊三百十八名、患者三百二十名、飛行場勤務部隊百名が加わってのことで、戦闘員はわずか七百名という混成部隊である。連隊長がほしかったのは、上官ではなくて、砲と戦闘員であった。そこへ、じつは歩兵三個連隊を指揮されるはずの閣下が、歩兵一個大隊と山砲二門をもってかけつけられたのである。いかに軍の命令とはいえ閣下の胸のうちの苦しさは察するにあまりがあるが、連隊長にしても、にがにがしい思いがしたにちがいない。軍医として口はばったい言い方だが、インパール作戦の無理のはねかえりで、随所に傷口がひらいたのを一時しのぎしようとする軍の愚策のように思われた。

閣下がミイトキーナに着かれてからは、たたかいの直接指揮は連隊長、命令系統としての、また徳性による統御者は閣下であるという、変なかたちの戦闘司令所ができたのである。

壕のなかの閣下には、はじめからひとつの決意があったようである。こうして、六十日のまっくらな地下の生活がはじまった。おびただしい死にまみれて、じぶんの死をまつための……。

壕のくらし

ほのぼのとした夜あけから、たそがれてふたたび光がおぼつかなくなるまで、よほどの豪雨でないかぎり、一機や二機の敵機が頭上をとんでいないことはない。ときにはそれが十機あまり。さらに多いときは二、三十機が傍若無人に地上のすべてをたたきのめす。

だから、多少とも心のやすらぎをおぼえるのは、昼のうちならどしゃぶりの時間だけである。はげしい雨でけむるとき、宿舎の土間にもよりの負傷者をあつめる。日に日にとぼしくなる包帯や薬を惜しみながら、かりの治療をほどこしてやる。ある曹長は両の目を傷ついていて、手さぐりしながら壕から這《は》いあがってくる。二日市うまれの小島上等兵は、肩の砲弾破片創に、おびただしい数のウジがまっしろの毬《まり》をつくってうごめいている。竹の箸《はし》で一匹一匹たんねんにとりのぞいてやる。ウジがわいた傷は治りやすいのだ。

私が司令部の壕にいることを知って、たたかいのすきをぬすんで挨拶にくる友人もいる。学生のころラグビーの選手であった菊の伊藤軍医も、雨をおかして、むかしながらの駿足でかけこんできた。ボールのゆくえを見さだめるときのように、敵の迫撃砲の発射音を聞きわけるのがうまくて、いまのはあぶないと思うと、とっさに私をうながして壕へすべり込んだ。龍の第一線から、かつて私を教育してくれた飯田軍曹も顔を見せにとんできた。かれの小隊も戦死者が多くて、いまは十数名がタコツボに生きのこっているだけだが、みんな勇気りんりんだという。

雨がはれて夜になっても、まだ静寂はおとずれぬ。夜高く赤や青の星がかがやく信号弾を合図に、破声の機銃の音、自動小銃の音など二時間から三時間、狂気のドラムを打ちならしたあとで、ふたたび信号弾が撃ちあげられると、突如、夜が夜らしいしずけさをとりもどす。

炊事用の壕で、隠密《おんみつ》のたきだしがはじまる。第一線では、奇襲のくわだてに余念がないのだろうが、さいわい私たちの壕では、まだほっと一息つくことのできる時刻である。なにはともあれ、まず排便がかんじんである。壕からとびだして、思い思いの場所にかがむ。しずかに息づく大宇宙を感じながら、かなしみに似た妙な快感と、なつかしい湯気。しかし、あらしの晩は方法がない。板ぎれの上にうまく処理して、板ぎれもろとも壕の外に力いっぱい投げすてるのである。

壕のなかは、手ごろな板やトタン板をひろってきて、床のかわりにしているのだが、壕によどんだ汚水はしだいに水かさを増して、背中や尻がつめたく濡れてくる。はじめのうちは熱心に汲み出していたが、ついにはままよとあきらめて、くさった水をかぎながら夢の門をくぐるのである。ばたばたと耳もとでさわぐのはコウモリのようだ。

欠乏づくし

籠城の生活に、ゆたかにあふれているものは、雨量と敵の砲撃爆撃とウジ虫だけである。あとはみな、足りぬものづくし。

最初からゼロにひとしかったのは、友軍機であった。落城が近くなって、たった一度だけとんできたが、それは「全員戦死」の申しわたしにきたようなものだ。ぜんぶの将兵が地上に姿をあらわして、泣きながら手を打ちふったが、そのこみあげてくる歓喜が、まもなくたたかいへの虚《むな》しさと憎しみにかわっていった。

つぎに欠乏したのは兵力であった。ことに戦闘員の数である。ただ一本の防御線をまもりぬくため、衛生兵も軍属もタコツボで銃をかまえた。おのれの汚物もとけこんだたまり水にひざから下をひたして、このタコツボの空間が、兵隊のついのすみかであり、孤独な宇宙である。雨がとぎれさえすれば、日に何回もおとずれる敵機の爆撃にさらされ、友軍が一発撃てばたちまち千発をかえしてくる猛砲撃にさらされ、坐して運命を待つ世界である。

おとといの戦死十八名、戦傷五十名。きのうの戦死六十二名、戦傷八十名。きょうは戦死が三十六名、戦傷は七十名くらい。行方不明は十四名、これはもちろん、確認できない戦死である。こうしてだんだん兵力はへり、逆に負傷者の累計は、全将兵の数をはるかに越えてしまった。傷者はどこにも収容されないということである。重傷をうけても、タコツボを捨てないということである。だから、ひとりの負傷兵が、二度も三度も受傷するということである。

つぎに足りないのは兵器弾薬。敵のありあまった火器に対して、こちらは山砲三門、そのうち二門は爆撃でいたみ、のこった一門もいよいよ弾薬がのこりすくないので、一日を三発とかぎって、惜しみ惜しみ発砲する。

食糧も不足した。第一線へのたきだしは夜っぴてつづき、ムスビをかたくにぎって、干魚などをそえて、陣地のひとりひとりに配らねばならない。あぶなくて、交通のできぬところもあるし、あやまってぬかるみにとり落とすこともある。折角ぶじにとどけてみたら、ことされていることもある。はじめはムスビが一名三個、それがいつのまにか二個に減った。私たちの壕も火線の飯の量とおなじ分量にした。水上閣下への分配も例外ではなかった。一日の量が二百グラム。百五十グラム。百三十グラム……。副食も一菜のみ。閣下はその主食の量を、じぶんは老年だからしんぼうができますよ、と、半分に減らして、あまった分を、つまりはほんの一口か二口分になるのだが、おなじ壕の将兵たちにひとしく分配された。

ミイトキーナの不足づくしのなかで、しかしもっとも大切な欠如は、ここを死守するという意義であった。

夏草

傷つきしもの夏草に果てさする

梅雨川の岸の煙草に末期の火

これは、ミイトキーナでたたかった八並豊秋氏の痛哭《つうこく》の句である。かれにまた一句がある。

大夏野わが死にかざる一花なし

きょうは、ミイトキーナで死んだ当番兵のおもかげを書こうと思ったが、かれの名を忘れてしまっている。あの柔和な仏に対して、まことに申しわけない話である。手文庫のそこに『戦陣備忘』と題した戦場のノートがある。復員早々、記憶をたどってメモしたものであるが、これにもかれの名前がない。

じつは帰国と同時に、私がこの眼にやきつけた末期《まつご》のようすを、それぞれの御遺族にお話しようと考えていたのだが、一年のび二年のび、とうとう果たさぬまま二十五年が過ぎ去ってしまって、いまとなっては御遺族の住所はおろか、戦死者の名前すら忘れているていたらくである。もうこうなっては、御遺族に、戦死の状況のなみだ話をさしあげるよりも、私自身の心に、あの最後の様子を語りつづけるべきときである。それも、軍人はあんなに美しかった、たたかいはあんなに残酷であった、と月並みの語りかけでなくて、もっとたしかに美しかった人間、もっともっとたしかに虚《むな》しかった戦争を、前むきにみつめつづけたいと思うのである。

あの当番兵は佐賀市の呉服屋の主人であった。兵員補充で、いのちからがら雲南省に到着した兵隊のなかで、だれよりも青白いのがかれであった。用をなさぬというより、じゃまになりそうな兵隊である。司令部の各部ともかれを受けとろうとしない。それなら私が……と当番兵に申しうけて、保護しながら、ゆっくりひとり前の兵隊へ教育するつもりでいた。踊りの名取ということであったが、立ち居ふるまいが、こっけいなくらい女めいていた。仕事はのろいけど念入りである。

「越中だけはおれが洗うよ」

と、どんなに言いきかせても、ひょいと私のよごれものをぬすみだして、洗たくして、きれいにたたんで、冬の日など膚でゆっくりあたためた上で私にさしだす。

私はかれをイラワジの対岸にのこした。かれは、吉開中尉の指揮に入り、中国兵やゴルカ兵とたたかった。非情を要求される火線で、かれがどういう朝夕をおくっていることかと案じていたが、ある夜ふけ、太田兵長が息せききって私たちの壕にとびこんできた。夜のイラワジを苦労して渡河してきたにちがいない。私を見つけると、よごれた軍袴《ぐんこ》のポケットから、ひやっこいものをとりだして私にわたす。あの当番兵の小指である。今朝の猛爆撃のあとで、タコツボもろともつぶれていたという。私は安心した。気が狂ったり、戦場を離脱したりせずに、よくぞひとり前に戦死してくれた、と。たきだしをする壕にもぐって、ハンゴウのふたで、ながい時間をかけて小指をやいた。

筏

爆撃がつづく。砲撃がつづく。逃げた主人をさがしてうろついていたのか、前足のつけ根に砲弾の破片をうけたびっこの犬が、私たちの壕へころげこんだ。壕のなかでも小きざみにふるえている。ひきずりだそうとするのだが、後足を必死でふみしめて、いっかな壕をでようとしない。

壕の入口から見るあたりのながめは、火田民がやきはらった山林のように、大地はめちゃくちゃに堀りかえされ家屋はくずれ樹木は倒れて、すこし大げさにいえば、見えるかぎりの草木が、すこしの緑ものこしていない。爆弾がつくった大きな穴では、にごり水がさざなみを立てている。

この日、水上閣下に電報がきた。壕口のうすい光をたよりに、乱数表をめくって二宮中尉が暗号を解く。

重傷ニシテ歩行不能ナル患者ヲ筏《いかだ》ニテ後送セヨ。

軍からの命令である。数百名の患者をイラワジ河をたよりに輸送することの是非は、閣下と私の間でもいくたびとなく考慮した問題である。菊の野戦病院でも、連隊本部でもじゅうぶん考えてみたにちがいない。すでに敵はミイトキーナ攻防戦が容易でないとみて、包囲の兵力をさらに増加する一方、退いてゆく日本軍を追って、ここから二百キロぐらい南下しているのである。だから私たちは狐島のように取りのこされているのであって、河を下るにしても、その間ずっと敵火にさらされるということになる。その上、かねて私たちが聞いていたのは、ミイトキーナを数十キロ下ったところに待ちかまえる有名な激流である。ものの本には、舟艇による交通まったく不可能と書いてあるそうである。手足のかなわぬ患者が、どうしてその激流をのりきることができよう。みすみす三途の川へおとすようなものだ。しかし、軍からの命令である。なんとか知恵をしぼってみようと、司令部の兵をかりあつめ、とにかく思いきり大きな筏をくんでみた。

ビルマの竹は大きい。これをロープやかずらでむすんで用心のため左右に二個ずつのドラム罐《かん》をそえた。敵火のすきをひろってこれをイラワジにうかべて、兵隊四、五名をのせてみた。兵隊がのりうつると同時に、その体重で筏は沈み兵隊の胸の上だけがようやく水面にでる。飲み水は河水をすくうとして、食べものをもたせる方法もないし、とてもこれでは、あの鳴門の渦をおしきることはできない。筏をくんでみてはじめて、故国の竹にくらべてビルマの竹の浮力が、はるかに乏しいことを知った。

閣下は、いまは患者後送のみちが絶えているむね、はっきりと軍に返電された。患者を後送させた上で、いまのミイトキーナ守備隊を後方に下げるのが軍の意図だとみたけれど、そのため患者をみすみす見ごろしにすることはできなかった。この電報をうけとった軍は、ミイトキーナを死守させるよりほかに方法なし、と決意したようである。

ふたたび　徳の素描

水上閣下の徳性をくわしく語る予定でいて、まだまだほとんど言葉にしていないようである。これまで述べてきたことで浮かびあがる閣下像は、たたかいの指揮は連隊長にまかせて、比較的に安全なくらい壕のなかで、執行大尉や副官や私たちとたあいもない世間ばなしをして、周囲に小さな美徳をほどこして、つねにやわらかな微笑を示している、小心善意の年長者を想像させるかもしれない。

たしかに、閣下についてのささやかな美談なら、いちいち数えあげるひまがない。閣下が私たちと同様な一菜ですごされたことはすでに書いたが、これは、当時私の知っているある高級将校が、当番兵をしかりつけて、三品の副食を準備させていたことと思い比べねばならない。また閣下は、私たちよりいくらか余計に煙草をもっておられた。私たちが、自分の分をすいつくしたと見ると、シガレットをとりだして、一服すって、そのあとを壕に居合わせた将兵にわたされる。「もうあとがないのですから、閣下だけすって下さい」といっても、けっして聞き入れて下さらなかった。

夜襲のたびにみごとな戦果をあげた龍の中隊長が、ある夜、雨をおかして状況の報告にきた。つまり、戦死の日がいよいよ迫ったのを覚悟して、閣下に最後のわかれを告げにきたのである。中隊長が壕の入り口へ着くと、閣下は腰をあげて、一度壕の外にでて、濡れるのをいとわずに公式の報告をきいたうえで、「さあさあ、壕に入りたまえ」とみずから手をとってじぶんの部屋へ案内される。それからとっておきの清酒で、別れのさかずきをかわされるのだ。これで思いのこすことはないといったさわや

かさで、中隊長は、雨のなかをまた火線へもどってゆく。そのうしろ姿を見送った閣下が、

「惜しいなあ、死なせたくないなあ」

と長大息なさる。こうした挿話なら、数限りない。しかし、学生にやさしい教師が、かならずしもりっぱな教師ではないように、閣下のあたたかい人情だけで善徳のひととは呼びたくない。そのころ、閣下の徳性は、ミイトキーナ守備の全軍につたわっていた。菊の将兵で閣下に一目お目にかかってから死にたいと、わざわざあいさつにくるものがくびすを継いだ。なぜ、みんなが心服したのか。私にはわかっているのだが、どうも表現がむずかしい。要するに、見せかけの徳のにおいがしないのである。誠という言葉がある。部下たちと、素裸の人間としてかかわり合おうとされる誠実が、声となり、まなざしになり、仕草になり、それこそ戦場の闇での何ものにもまさる光であることを、兵隊ひとりひとりの死を目前にした清澄な心がはっきり感じとるのである。閣下は、裸の精神を統《す》べるりっぱな統率者であった。魂の司令官であった。

死守すべし

負傷した足をひきずって、山田中尉がもどってきた。思いがけぬことであった。野戦病院では、足の自由がきかぬうえに壕がすくなくて、ほとんどの患者が退避できず、砲火にじかにさらされたままなので、中尉もさぞかし難渋しているだろうとは考えたが、むかえにゆく兵隊もいなければ担架もない。またむかえたとしても、薬にもこと欠くこの壕ではどうしようもないのだ。

そこへ、たったひとりで中尉がかえってきた。およそ四キロのみちのりを、敵機にかくれながら、たっぷり一日がかりでいざってきたそうである。みんなでかれの上衣のシラミを払いおとしてやるとき、かれの眼には、まず母なる場所へかえりついた安《あん》堵《ど》の涙がきらりと光った。あの陽気で勇敢だった中尉が、打ってかわって無口になり、気弱な男になっているのにおどろいた。陽気ということ、勇敢ということのむなしさを、しっかりかみしめた感じであった。かならず生きぬこうとする一すじの執心が見えた。私たちもまた、この攻防戦の無意味を感じはじめていたし、軍隊という体質がもつあのみせかけの強がりに、かなり反発をおぼえたときであったので、中尉の胸奥の変化を責める気にならなかった。

七月十日、本多軍司令官より水上閣下へ、ミイトキーナ守備隊の運命をきめる暗号電報がきた。解読しながら、二宮中尉の表情がきりりとかたくなった。

一、軍ハ主力ヲモッテ龍陵正面ニ攻勢ヲ企図シアリ。

二、バーモ・ナンカン地区ノ防備未完ナリ。

三、水上少将ハミイトキーナヲ死守スベシ。

この命令の意味するものが、私たちにはよくわかっていた。閣下への死守の命令は、とりもなおさず全員に戦死しなさいということである。万一生きのこるみちが残っていても、名誉を重んじてさっぱりあきらめなさい、ということである。

閣下は返電を起案された。

一、軍ノ命ヲ謹ンデ受領ス。

二、守備隊ハ死力ヲツクシテミイトキーナヲ確保ス。

この日、この電報の往復を知っていたのは、おなじ壕にいる将校のうち、両名の副官、執行大尉、二宮中尉、古賀中尉と私の、六名だけである。閣下は、「まだ一切極秘にしておくように」と、かたくいましめられた。

七月十二日、ボーイングおよそ四十機と数機の戦闘機のたすけを借りて、十五倍の兵力をほこる敵連合軍の総攻撃がはじまった。米軍は、トンネルをほり爆薬をしかける坑道戦法を併用した。寸土をあらそう死闘がつづいた。守備隊は一応みごとこれを撃退したものの、このころまでの戦死は千四百名。戦傷は数えあげるのが困難であった。

いなかの味

ひそかにある種の死を決意されて、それをじっとおさえこんでおられる閣下に私たちは、最後のたのしみをさしあげようとつとめた。変声期にぱったり歌がうたえなくなって、それからは音痴とよばれて甘んじてきた私も、みんなといっしょに知ったかぎりの歌を思いだし、その調子はずれで閣下をよろこばせた。

うちのご寮んさんな

がらがら柿よォッ
よォッのところを力をこめて歌うと、どうやら恰好がつくのである。

　みかけよけれど
　渋ござるゥ。

ある晩のこと、たきだしの兵隊が、ハンゴウに妙なものを入れてきた。カマの底にこげつきができ、ムスビにもにぎれないので、と私にさしだすのである。いなかの味がするこげ飯である。たぶん閣下もお好きだろうと、こっそり閣下の当番兵へわたした。ところが、堀江屋副官が目ざとく見つけて、気色ばんで私を責めた。

「丸山中尉、いやしくも一軍の将たる閣下に、こげ飯をさしだすとはなにごとか」

ながく生死をともにした戦友だが、まだこうした体裁づくりから脱けだせぬのは、堀江屋中尉の心得ちがいではなくて、軍隊の体質そのものの罪だと考える。しばらくはげしい議論をしたが、しょせんは死を前にした戦友同士、鉄カブトを枕にして、ふたりの心の底にあるものを洗いざらい語り合った。真に敬礼にあたいする軍人とは？

勇気とは？　義とは？　忠誠とは？

　その夜ふけ、皮肉にも堀江屋中尉が威厳のない負傷をした。ユーモアのある負傷だった。砲火のすきをみて壕の外にとびだし、ズボンのボタンをはずして左の手をそえたとき、ひょろひょろととんできた流れだまが、手の甲からたなごころへぬけて、ぷすりと丹田にぬかりこんだ。薬もないし、いのちに別条なしと見て唾《つば》で清めさせた。十日あまりで、けろりと直ってしまった。

閣下は、落城の日の密使を堀江屋中尉に予定された。中国の便衣をきて、道案内の密偵をともなって、敵の包陣をぬけだすよう、あらかじめの申しわたしがあった。密書は便衣のエリにぬいこむ。密偵は情報係の将校がかわいがっている、ビルマ語、日本語、中国語、それにカチン語もすこしできるビルマの少年をつかう。その少年を私たちはヤマト太郎と呼んだ。

のちに、その便衣を私が着て、ヤマト太郎も私がつれてゆくことになるのだが、中尉は筏《いかだ》でイラワジを下航して一度はいのちながらえ、三カ月後の十一月七日、雲南省の木康の丘ににわかづくりの一個小隊をつれて増援に出た。出発にあたって、私と水さかずきを交わしたが「いよいよおれも最期だよ」と、さびしく笑った。かれもかれの小隊も、そのまま世界から消えてしまった。

糸車

私たちの無線は、蔣介石が中国の全将兵にあたえた訓示を傍受した。それは、

今次湖南省ニオケル攻撃作戦オヨビビルマ・怒江反攻作戦ノ戦績ハキハメテ遺憾デアル。ヨロシク日本軍ノラモウ守備隊アルヒハミイトキーナ守備隊ガ孤軍奮闘シ最後ノ一兵ニイタルマデ任務ヲマットウシアル現状ヲ範トセヨ。

というのである。敵の司令官からほめられる妙なくすぐったさ。

死の準備をしなければならない。私はフィリピンの戦闘いらい辛酸をともにしてきた香月衛生軍曹をよんだ。いざという折りの集合所をこの真東二百メートルのイラワジ河畔とすること、負傷によって死に遅れる懸念があったらおたがいが責任をもって処理すること、いまは火線に散っている部下たちをなるべく私のところに集めてくれ、その他一、二の注意をそしらぬ顔で申しわたすと、死守の命令をつゆ知らず、かならず有力な援軍がきてくれて活路をひらくと信じている軍曹は、けなげに私へつよめる

のである。

「軍医殿は、いつから敗北主義になったのですか」

そうじゃないんだよ。閣下とともに、きみらとともに、きれいさっぱり無に帰着するために、死の手順を考えているだけさ——私は胸のおくでつぶやく——まもなくすべての重さから自由になる。過去の重さから、未来の重さから、軍人という重さから。おびただしい戦死者の数のなかに一粒の砂よりも微小におさまって、可も不可もなく死んでいった丸山豊というひとりの青年。たたかいに罪多しと知って、つよくあらがうこともできず、兵隊になり軍医になり「私はあたたかい軍医です」ということで逃げを打って、まぎれもない参加のあげくに、歴史の波にたたみこまれてゆく——私は、香月軍曹のきまじめな問いに、いまはまだ笑いをもって答えるほかはない。

私の母は、ひとり久留米の片すみで、小太りの体の背をまるめて、つくろいものをしているはずである。弟の忠良は、これも軍医になって、どこか危険にひんした南の孤島で、タピオカでもかんでいるだろう。私も戦死、弟も戦死。そしたら母はとぼとぼと、義兄と姉が住んでいる朝倉郡の夜須をたずねるだろう。

敵機が空からまきちらすさまざまな宣伝ビラの一枚に、老母をえがいた墨絵があった。老母はしずかに糸車をまわしている。余白に歌がしるしてある。

ひとり息子を戦地におくり
きょうもくるくる糸車
ああいくつまいたら帰るやら
それは厭戦《えんせん》への感傷的な誘いであろう。私が胸のなかで追いつめてゆくのは、厭戦などという甘ったるいものではない。

低い声

敵はつぎつぎに、あたらしい火器をくりだしてくる。重さが五トンもある何やらむずかしい名前のついた曲射砲。たぶん短延期という漢字をあてるのだろうが、爆発力のつよいタンエンキ爆弾。被爆したら体がただれて、死後いく日も燐の光がたちのぼるという黄燐弾。しとしとと雨降りつづく陣地の夜、こちらのタコツボでは生きた兵隊が死の順番を待ち、むこうのタコツボでは、燐をかぶった戦友のむくろが腐敗したまま青白い光をはなっている凄絶《せいぜつ》を想像してください。

守備隊にきた命令が死守であろうとなかろうと、もはや兵隊は死が待ちきれないのである。むこうから近づいてくる死を待つよりは、ひと思いに死へとびこみたい。湿気と痛みと飢えのはてになしくずしの腐敗があって、そこから逃げるたったひとつの方法は、いさぎよい死である。死で死の苦痛をのりこえたいのである。はやく死なせてくれ、思いきって突撃させてくれと、兵隊は小隊長に申しでる。小隊長は中隊長へ、中隊長は大隊長へ懇望するのだ。ミイトキーナ守備隊は、十五倍をこえる敵兵力を一日もながくひきつけておいて、後方の陣地構築の時間をかせいでやるという、体裁のいい名目にしばられている。その美名をまっとうするには、はやる心をおさえなければならない。これでもまだ気がふれないのかと、まるで拷問のように、ゆっくりした速度でせまってくる死。そして、ついに耐えきれずに敵の銃口の正面へとびこんでいった兵隊と、文字どおり一所懸命、じぶんのタコツボで腐敗していった兵隊。かれらがぐっとのどのおくにのみこんだままの絶叫をきくがよい。

敵も勇気をしめすことがあった。ある晩は二百名の敵兵が、日本のやり方をまねて、死を決した夜襲をこころみたそうである。情報をかくす意味で、階級や氏名をしるしたノートや布片や写真など何ひとつたずさえず、ひとつの肉体と一ふりのジャック・ナイフと一冊の聖書をもって、わが守備陣地におそいかかったそうだ。

愛憎の日々を遠くへだてれば、いずれも命がけでじぶんの最善をつくしたもの、日本の兵隊のこれが美しければ、米人のあれも雄々しく美しい。あれがむなしければ、これも無上のむなしさである。

死者たちは、人間としての最高のエネルギーを表現して、獣のようにみじめに死んだ。習慣は、かれらを英霊とか神とか呼ぶが、その美しい名でかれらを、ひえびえとした祭壇にさらす前に、かれらはいつも人間であり、ついにりっぱな人間であったことを心にきざみたいものである。耳をすませば二十五年を経過したいまも、かれらの人間をあかしする低いうめき声がきこえてくる。まだ戦争はおわっていないのだ。

軍神

兄弟部隊である菊と龍は、いずれも世界最強の部隊であるとみずから信じていた。空からおちてくる敵のビラは「龍のウロコはいまや剝落《はくらく》、菊の花びらも枯れてゆく」と書いていた。戦闘に勝って戦争にやぶれるくちおしさ。清香をはなっていた大輪の菊がしぼむように、守備の輪はしだいにちぢんでゆく。私たちの壕から西の第一線までのへだたりは、わずか七百メートルにくびれてきた。一個小隊いまは三名というところもあれば、とっくに全滅した中隊もあった。

軍の司令官からも師団長からも、膚ざわりのよい電報がきた。

ゴ奮戦ヲ謝ス。一日タリトモ長ク死守サレタシ。

あるいは、

一粒ノ米、一発ノ弾薬モ送ルコトナクテ貴隊ノ玉砕ヲ見ルハ誠ニ断腸ノ思ヒナリ。サレド光輝アル皇軍ノ伝統ト九州男児ノ面目ヲカケテ最後ヲ全ウサレンコトヲ切望ス。

トウエツにのこした私たちの留守部隊からは、心のこもったさようならの通信をうけた。こうした受信のなかで、水上閣下の心にひらめくものを、さだかにとらえるのはむずかしい。閣下のいくつかの言葉をひろってみて、そこから思いはかる以外には方法がない。

ぽつんと漏らされた言葉、「勝つことのみを知って、負けるを知らぬ軍隊はきけんだよ。孫子も言ってるようにね」

執行主計と私とふたりだけに、さりげない調子で申された言葉、「執行大尉と丸山中尉、私がいるかぎり決してふたりを死なせはしませんよ」

「なにをおっしゃるのですか」と私たちが反問したときには、もうそっぽをむいて、聞こえぬふりをしておられた。

司令部付の五、六名の将校と当番兵がいるときに、「みんなの体は、それぞれがご両親のいつくしみをうけて育ちあがった貴重なもの、これを大切にとりあつかわぬ国はほろびます」

戦死近しと見て、南方総軍司令官からか、あるいはもう一段上部から、暗号電報がきた。

貴官ヲ二階級特進セシム。

水上大将という栄光のうしろにある、さむざむとしたものを閣下は見ぬいておられた。閣下の心の底で、ある決断のオノがふり下された。「妙な香典がとどきましたね」と、にっこりされた。二日後に、また電報がとどいた。

貴官ヲ以後軍神ト称セシム。

軍神の成立の手のうちが見えるというものである。閣下はこんども微苦笑された、「へんな弔辞がとどきましたね」。名誉ですとか武人の本懐ですとかいう、しらじらしい言葉はなかった。私たちが信じてきたとおりの閣下であった。この閣下となら、おなじ場所、おなじ時刻に悔いなく死んでゆけると思った。なるべくかるい気持で死のうと思った。

安死術

前の章で、水上閣下を大将に特進させるという電信の直前に、軍からあらためてもう一回、死守せよとのだめおしがきたのを書き忘れていた。その電文は、前日にくらべて微妙な変化をみせていた。記憶をたどれば、

貴官ハミイトキーナ付近ニアリテ……死守スベシ。

前回は「ミイトキーナ」であったものが、こんどはなぜ「ミイトキーナ付近」と変わっていたのであろうか。閣下も首をかしげられて、「付近だな、まちがいないな」と、念をおされた。防衛庁防衛研修所戦史室が出版した『イラワジ会戦』でも、このへんに疑問をなげかけている。もうひとつおかしい点がある。死守すべきはなぜ「水上少将」個人であって、「水上部隊」でなかったのか。それは軍の参謀たちの温情で

あるのか、浅慮であるのか、それともためらいであろうか、一流のずるさであろうか。

　全員戦死も近いと思われる、色めき立ったある日の昼さがり、香月衛生軍曹をつれて連隊本部へ連絡にいったかえり、爆弾の落下音がざわざわと頭上にせまってくるので、あわててもよりの防空壕にとびこんだ。ふたりの体が壕のくらやみにころげこんだとたん、はげしい地鳴りがして壕がつぶれた。肩の先でもがきながら、じっと眼をこらすと、ひとところだけうっすらとあかるい。自由のきく右の手でねばっこい土をかき、ものの十分も掘りすすんだとき、ぽっかりまぶしい世界がひらけた。しめった泥の国から体がなかばぬけだして、さしのべた手の指に負傷兵の軍靴がさわった。

　壕の口でたおれているのは、司令部の顔なじみの通信兵である。はね上がった爆弾の破片が、右の太ももをぷっつり切断しているかのように見えたが、だきあげると、皮膚と肉のぐにゃぐにゃしたつながりが残っている。香月軍曹がかれを背負い、私が下肢をかかえて、とりあえず崩壊した司令部宿舎のたたきまではこんだ。ここでいま私がもっている衛生材料をかぞえるなら、聴診器がひとつ、雑用のハサミが一個、木綿針が一本、敵の物資投下の落下傘からほぐした糸がすこし、閣下からホウタイがわりにでもといただいた閣下用の蚊帳が一はり。蚊帳の耳で止血帯をほどこし、ハサミでつながりを断ち、創面には蚊帳をあて、私の最善の治療はおわる。あとは、砲火にさらされたたきで、なりゆきを待つだけである。

いったん壕にかくれた私と軍曹は、かわりばんこに壕をでて通信兵の容体をうかがうのだが、砂をかぶった顔は苦痛にゆがみ、「はやく死なせてください」を、うめくようにくりかえしている。あす、あさって、かれがどういう運命をえらべるというのだろう。いずれかれも死に、私も死に、みんなも死ぬ。思いあまったあげく、私はかれの止血帯をほどいてやった。すでに息もたえだえであったのだが……。

幻は

死守の命令がきていることは、水上閣下をのぞけば私たち六名だけが心にたたんでいた。連隊長にどの程度知らせてあったかは、私は知らない。第一線の兵はなにも知らされていないが、あるいはとの懸念がひらめいたのはたしかであろう。死をえらぶことと死を待つこととのへだたりの大きさ、辛酸をなめた第一線には、死を待つよりも、みずからえらばせたいとの閣下の意向であった。そして今から思えば、しかもなお生きのこったものには、生へのかけはしを用意しようとの、閣下の配慮がうごいたのだ。閣下の人間性が壮烈にしぶきはじめたのだ。

私たち側近は、閣下にしたがっての最期を待った。そのとき眠るようにしずかに死ぬために、心のコントロールに力をつくした。したしく教えをうけた禅家、沢木興道師の言葉などが強烈によみがえってきた。そのときの私の、いつわりなき心情がどうであったかということは、私の生と終局と最初とがぴったりひとつになった重要な体験として、その後の私の人生の、思考や行動のゆるがしがたい根となるようである。率直にいって、私の心を占めたのは、りくつっぽい思考よりも、重いとかかるいとか、あさいとは深いとか、ねばっこいとかさらりとしているとか、そんな物理的な言葉がはじめて表現できるものであった。自由はいいなあ、身がるでいいなあ、生きるということはいいなあ、あかるくていいなあ、と思った。

なぜか私は、久留米の樹木の多い町を思いうかべた。心象はだんだんしぼれて、チンチン電車の電車みちに沿う日吉神社の風景をえがいていた。それが高良神社でも水天宮でもなかったのは、そこが私の零歳から三歳までの住居の氏神さまであり、子守りの監視をうけながら砂いじりや日向ぼっこをしたお宮であるからにちがいない。心象はもっともせまくなった。拝殿の床下のうすくらがりでうごめいている乞食《こじき》の思いでをたぐっていた。あの非人はいいなあ、日に一、二回はたっぷり御飯にありつけて、敵がせめてくる心配もなく、嵐にぬれる懸念もなく、眠りたいだけ眠りこけることができる。ああ、非人になりたいなあ、とそんな情ない願望が心をとらえていた。富貴栄達なにものぞ。普通に生きるということのありがたさ。

じぶんの最期の声をかたちにしたいと考えた。もともと、すべての文学は遺言である。しかしきょうは、文学という心がまえをふりすてて、遺言という重くるしさもふりすてて、獄のかべに死刑囚が落書をのこすように、俳句をまとめてみたいと思った。そしてどうやら一句ができた。まだどこかにてらいがひそむのは、若さのせいであろう。

まぼろしはますみのそらのあきつかな

あきつは、トンボのことであり、あきつ島のことである。なぜか平仮名がなつかしくて、十七字すべて平仮名でしたためたい俳句であった。

幽霊たちの旅

水びたしの壕のなかで。

——おれたち、もうすぐ自由になるぞ。水上閣下をまんなかにおいて、肩をくんでかえろ。

——日本を出てもう三年にちかい。りっぱにつとめは果たしたもんな。肩の荷を降ろすような気持ちだ。

——おれ、あのひろい青い海をするするとささ舟でかえりたい。

——おれは浮き身をしてゆく。重さがないんだもん。

——閣下、トゥエッツにはぜひ立ちよりましょう。あのヒヨコがどんなに大きくなったことか。留守部隊の三佐少佐や仲中尉、鶏舎をほったらかしにしているかもしれん。

——ラングーンでは、黄金パコダのとっぺんにも上がってみたい。

——ヒゲをそりたいな。だが、死んだらヒゲはないのかな。

——吉開中尉、黒でカクテルをつくって。うふふ。

——おれは腹いっぱい砂糖をなめてみたいな。

——閣下、たき火で手をあたためながらやきいもをかじるのもよかですね。

——高菜をそえたお茶漬けもいい。そういえば、肥後の高菜と、筑後の高菜と、どこが違うか知ってるかい。

——閣下は結婚のとき、ロマンスがあったのですか。

——青い海の上を、まっさおに染んだおれたちの霊魂がどんどん急ぐ。あらしがきてもへいちゃらだ。

——星座のよみ方をもっとべんきょうしとけばよかった。

——もう遅か遅か。しかしちゃんと帰巣力がそなわるはずじゃ。

——関門の山が見えてくる。日和山、源平山、測候所……。連絡船がうごいている。

——おれたちはみんな九州ゆき。気まぐれに汽車へのりこむ。閣下は甲州ですね。

一ぺん東京に立ちよられますか、ぶっつけ甲州ゆきですか。甲州の木の芽田楽がなつかしかでしょう。

——おれ久留米にかえりついたら温石湯へゆく。平凡この上なしの谷間の湯だ。ぬるぬるした湯ぶねにつかって、あの世の詩歌をつくる。

――おれはな、風流祭りの太鼓を思うぞんぶんたたいてみたい。
――筑後川を、水源から河口まで気ままに下ってみるのもいいな。
――おれが生きていたときの名前を、だれがどんなふうに呼ぶか。おもしろいぞ。
――わるい趣味だ、やめろやめろ。もっと達観せにゃ。せっかく死んだのだもん。
――ところで、きょうはもう七月三十日だね。よう降りつづく雨じゃ。

彼岸

かねて兵隊ひとりの一日の発射を六発までとおさえていたが、その小銃弾もいよいよ残りすくなく、食べものもすっかり尽きはてた。守備隊の背水の陣はだれの目にも二、三日の命脈と見えた八月一日、水上閣下から全軍にイラワジ対岸への撤退の命令がくだった。夕方から書類や軍票をやきすて、じぶんのナンバーを刻んである認識票も土にうめた。閣下のおもわくはいざ知らず、私たちは、「ミイトキーナ死守」が「ミイトキーナ付近で死守」にかわっただけのことで、たぶん五日か六日死のときが遅れるのだと考えた。

それにつけても苦慮の焦点のひとつは、重傷者の処理である。イカダによるイラワジ下航のむずかしさはさきに述べたが、それでもこれまでにいく組からのイカダがながれにのって下っていった。しかし、そのすべてが途中で行方不明になっている。患者処理について、閣下の下問に私がなんと答えたかはっきり記憶していないが、たぶん非情の方法のみといったようである。閣下の命令にしたがって、野戦病院では、重傷者の始末がおこなわれたそうである。イカダを組めるものはイカダを組んだにちがいない。一発の手りゅう弾の上に何人も体を重ねあって最期をいそいだものもあろう。しかし、もっとすさまじい方法も、昇こう水とメスを使用して、斎藤軍医（八幡）たちの涙のうちに実行されたはずである。斎藤軍医は「みな従容《しょうよう》として死にました」と、報告した。従容の内容は百人百様であったろうが。

照明弾やえい光弾のためか、それとも雲間をくぐる月のはやさのためか、あかるくなったり暗くなったりする泥んこのみちを、閣下のともをしてイラワジ河岸までかけぬけ、小さな崖《がけ》をぴょんととびおりると、そこにはすでに舟が待機していた。影絵のような数そうの舟が近づいてくるのは、もどり舟であろう。仏典の言葉、あの彼岸へわたろう。海のようにひろい夜の大河を、私たちのオシの舟は、オシの人間をのせてしずかにこぎでてゆく。二十分あるいは三十分ぐらいで、ノンタロウ中洲の浅瀬へのりあげた。ここから徒渡《かち》りして河岸のみちへたどりつき、南へあるいて灌木林のなかで夜あけをまった。

重くるしい朝がきた。夜じゅう聞こえていた市街の砲声が朝になるといっそうはげしくなった。渡河の意図を感づかれたのではあるまいか。ゆうべ、そして今夜と、手はずのとおり順序よく渡河がはかどるだろうか。こまかい雨がふっていた。私は香月軍曹をつれて、チークに似た樹木にもたれていた。しげみのなかでときどき単発の銃声がしたり、手りゅう弾がはじける音がした。たぶん、ここでも自決をえらぶ兵隊がいるのだろう。じぶんの気力と体力の限界を、もうこのあたりまでと見きわめて……。

林間細雨

八月二日。この日の昼さがりは、なにをしてすごしたのか、まるきり記憶がよみがえってこない。たぶんマインナ地区にのこしていた衛生兵たちを掌握することで日が暮れてしまったようである。

雨がはれて、東の空のずいぶん高いところに、雲間を走る大きな月が美しく、時間とともにさえまさる感じであった。月齢は十五夜または十六夜。主なき民家から月をあおいで出てこられた水上閣下が、

「今夜は月の下で食事をとろう。みんなで車座をつくりたまえ」

と、私たちを呼びよせられた。ハンゴウのおくにちょっぴり沈んでいる飯も、月の光にあおく染んでいる。河向こうの砲声や銃声はたえまなくつづく。なぜかみな、なるべくたたかいにふれず、故国について語らず、せっかくの心の水平をしずかに保ってでもいるかのように、淡々とした話題をえらんだ。

いまにして思えば、この月下の宴こそ、みずから幽界へあるいてゆかれる閣下の、ひそかな別れのあいさつであった。私たちは死に旅立つ宴とは覚悟したものの、閣下と私たちが幽明さかいを異にするための宴とは思わなかった。月は天心、できれば盃に一、二杯の酒がほしいなあと、かなわぬことを考えるのである。

あくれば三日。舟がすくないため、渡河点まできてふたたび陣地へひきかえすもの、河の中流でおぼれるもの、即製のイカダで敵兵のいる右岸へながされてゆくものなどの、残念な情報がつたわってきた。私たちはきょうも爆撃にそなえて林のなかへ退避

した。閣下がまっすぐにのびた一本の樹木を背にして、地面にケイタイ天幕をひろげ、その上にどっかと腰をおろされると、横には当番兵二名がつきそった。閣下の位置からおよそ百メートルはなれて執行主計が当番兵とすわりこみ、この二つの場所と正三角形をつくるところに、香月軍曹をつれた私が樹木にもたれて立っていた。きょうもまた朝から雨。鉄かぶとがじゅうぶんに傘のかわりをするこまかいすなおな雨であった。私はなにかとりとめもないことを考えていた。そしてとつぜん銃声を聞いた。とっさには「またただれか自決したな」と、気にもとめなかったが、つぎの瞬間、いまの銃声が閣下の場所だと気づいて、バネのようにかけだしていった。閣下は東北方を向いてすわったまま虫の息である。すぐに執行大尉も走りよった。大尉によれば、銃声の直前に「執行、丸山、……」と、たしかに私たちの名を呼ばれたという。右の手ににぎった銃口を口にふくんで、創は後頭へつきぬけている。それが自決の古式な作法ということだが、軍刀をさかさにして樹木にもたせておられる。正面に図嚢《ずのう》をおき、図嚢の上に作戦命令をかく起案用紙をひろげ、文鎮がわりに小石がのせてある。執行大尉はぼう然として立ちすくみ、私はおろおろと脈をにぎったり瞳孔をみたりするだけであった。

抗命

起案用紙がぬれていなかったところをみると、そのときはもう雨がやんでいたのかもしれない。用紙には鉛筆がきで命令がしたためられ、書判をおしておられた。

ミイトキーナ守備隊ノ残存シアル将兵ハ南方へ転進ヲ命ズ。

伝令がはしって高級副官も次級副官もかけつけた。水上閣下のこの絶筆は、二階級特進も軍神の名もなげうって、いさぎよい抗命のかたちで、まだ生きのこっている私たち約七百名の延命を策されたものである。

堀江屋副官が、連隊本部へ閣下の死を報告にいったあいだ、執行大尉は閣下の魂のない体をだきかかえ、私は微弱な心音を無意味にきいていた。やがて副官がかえってきて、

「連隊長に閣下の最期を報告すると、おうそうかの横柄な一言だけ。やれやれこれで万事うまくゆくわい、といった様子。おれ腹がたって腹がたって……」

とこぶしで涙をふく。連隊長は、閣下の命令どおり残存将兵をあつめて今夜十時から転進をはじめるそうである。包囲のすきまをさがすため、すでに将校斥候《せっこう》を出したらしい。閣下側近の私たちはどうしたものか。殉死するという一つのみちと、命令にしたがって脱出をはかるという第二のみち。しんけんな評定のすえ、第二の方法をえらんで、だれか一名なりと生きのこって、閣下の徳と将兵の善戦をのちの世代へ語りつぐべきであるときめた。

高級副官の命令で、私はまだかすかながら脈うっている閣下の左の手首を、眼をつぶって軍刀で切りおとし、布につつんでふところにおさめた。遺体は深く掘った穴へおとし、黙礼をして土をかぶせた。土の上には落ち葉や雑草をかぶせ、自然なかたちに取りつくろった。

たそがれてきた。閣下の手をふところににぎりしめて、私はその場をかけだした。ゆうべの民家にかえって、茶毗《だび》の用意をしなければならぬ。林の小道をかけてゆくと、樹木や草むらのむこうに、夕映えのイラワジ河が見えかくれしていた。いまになってはじめて、こみあげるように感情が激してきた。なにかにぶっつけたい怒りであり、大地をたたいて訴えたい嘆きであった。走りながら私は、象牙の聴診器を河の方へ、力いっぱい投げすてた。もう軍医である私は死んだのだ。あたらしい私、それがなんであるのか私は知らない。遺骨のみちびきのままに見知らぬ世界へ脱出するのだ。御遺骨を三名で分けた。遺品としての軍刀、肩章、拳銃をこれも三名に分けて、計六名のうちせめて一名ぐらいは、敵の包囲をくぐりぬけて師団までたどりつくかもしれぬ。その六名というのは、執行大尉、堀江屋次級副官、手島曹長（嘉穂郡）、田代軍曹、それに私。もう一名の名前はどうしても思いだせない。私はとっておきの三角巾に、一にぎりの御遺骨をぬいこんだ。

冷酷

私たちは心のなかに、冷酷の要素をもっている。その冷酷が状況によって、とてつもない大きさに成長することがある。

ミイトキーナ撤退にあたって、歩けぬ負傷者は、その一部はにわかづくりのイカダで下航し、また一部は手りゅう弾で死をいそぎ、もっとも重い患者たちは軍医の助けをかりて自決したことをすでにのべたが、ノンタロウ中洲まではどうやらかろうじて渡河してきた患者もすくなくない。いよいよノンタロウからの脱出となれば、もう一度かれらの処置が考慮されねばならない。だがそれは、手足まといを始末するという作戦上の理由もあるが、軍人はこうした状況でどういう運命をえらぶべきかという、まず倫理の問題としてであった。

イカダか自殺か。イカダは死もしくは虜囚へのみちと思われた。ビルマの竹に浮力がすくないとすれば、胸もとまで河水につかって下る覚悟をすればよいだろう。流水の力学が、イカダを敵の銃座の真正面へ漂着させやすいとすれば、必死に水をかいて、なるべく中流を下るとしよう。だが流域はひきつづき敵性の地域である。米国の工作をうけた射撃のうまいカチン族が、いたるところに銃口をかまえているし、昼はひねもす敵の飛行機が掃射の用意をして待っている。これも昼間を岸辺の丈余の草にかくれることで難をさけたとして、目前にせまってくるのは、瀑布のような激流である。イカダは直立していつまでも旋回し、渦をぬけても渦、数時間を要してもここをぬけだすのは至難であるという。つまり、待ちうけているのは百のうち九十九までの死である。よしんば死をまぬがれたとしても俘虜になる。〝生キテ虜囚ノハズカシメヲ受クルコトナカレ〟との教条のいましめから解放されていない私たちは、患者たちに、なるべくならイカダづくりよりも、みれんのない自決をえらばせようと思った。いまにして思えば、狭量で、冷酷きわまりない考えである。

私と堀江屋副官は、足の骨がくだけたままの山田中尉の運命をきめねばならない。兵隊に背負われて、河岸に退避している中尉を見つけだすのは、案外容易であった。事態をかいつまんで説明し、かれに運命をえらばせた。かれに選択の自由をあたえたものの、じつはなるべくならいさぎよい自決をすすめる口調が、堀江屋副官になかったとは言い切れない。そして私は、どうやらつめたい傍観者であった。追いつめられた状況のなかでの、微弱な心のゆれが、アウシュビッツにすらつながる残酷の方へかたむいてゆくこともあれば、人間性の高貴をかがやかす方向に動きだすこともある。おそろしいことだ。

さいわい、中尉はイカダをえらんだ。忠実な兵隊に助けられて、銃撃をのがれ、激流のキバをまぬがれて、奇蹟的に、友軍が待機するバーモ市街へながれ着いた。

暗夜

まだあたたかい遺骨を三角巾にぬいこんで、首のうしろにむすんだ。分配されたわずかの米は、靴下にうつして図嚢《ずのう》に入れた。軍刀一ふり、拳銃一ちょう、拳銃弾少々、手りゅう弾一個、これが私の武器である。べつにマッチ一個と軍用地図一枚。

中洲の東岸のしげみにかくれて、七百名あまりの生存者が、部隊ごとのグループをつくり、脱出への出発を待った。それぞれの感慨で無口になった将兵が、敵陣の輪を突破しようというのである。腰をかがめている私の前を、たぶん連隊長と軍旗と思われる一団が、そこだけ昂然とした空気につつまれて通過した。雨か夜霧か、見わけがつかぬほどこまやかなしめりが、しずかにながれていた。

先発の工兵がわたしたロープをたよりに、まっくらの河をわたった。みずおちまでの水深だが、あやうく足をとられそうであった。ふたたび岸へ上がって、すこし歩いては立ちどまり、また歩いては立ちどまり、ものの四十分ほど進んだとき、とつぜん機関銃の音が右へ左へ波をうった。反射的に大地へ伏せた。伏せたまま闇をすかして前方を見ると、くずれた隊列は扇形にひらいて、それぞれの方向へ這《は》ってゆくもの、駈けるもの。私も走りだした。どんどん走った。皆目方向がわからぬまま、一途に掃射から遠ざかろうとして走った。坂をのぼったような気がする。部落をつきぬけたような気がする。草むらをいくつかとびこえたような気がする。まっしぐらに走った。走っても走っても機関銃の音が迫ってきた。いつのまにか湿地帯にでた。やっと走るのをやめていた。川ともつかずみちともつかず、いま踏んでいるのが水びたしの草であることだけがわかった。

私の前方に人かげが見える。三、四人、いやもっといるかもしれない。うしろからも数名の兵隊がついてくる気配である。やや平静をとりもどした私は、はやく指揮者をきめなければあぶないと思った。指揮者のない隊列が敵とぶっつかれば弱虫になりやすい。ひくい声で、

「おれは龍の丸山中尉。おれよりも上級者がいたら階級と名前をいえ」

「……」

「では、丸山が指揮をとる。先頭から順に番号！」

番号は十八まで数えた。私は先頭へ出た。遠い銃声が背後と右手にきこえる。きっ

とあれは、脱出者が敵の追跡をうけているのだ。さらにはるかな砲声も、後方できこえている。イラワジ本流を渡河できなかった部隊が、ミイトキーナでまだ最後の抵抗をつづけているのだろう。そこで私たちは、いま真東へすすんでいることになる。もうすこし進路を右へとらねばなるまい。体がひえてきた。夜あけが近いようだ。

紺の便衣

空がしらみかけて方位がはっきりしてきたが、しばらくは犬に追われてしげみの下をはいまわった。カチン部落の外郭をかすめて通りぬける感じであった。ようやく犬から離脱するころには、あちらの木陰からこちらのくぼみから散らばった兵隊があつまり、私の隊伍がだいぶ長くなった。そのうち、密林のまんなかで四囲の状況をうかがっている二百名あまりとうまく合流することができた。南の山すその方で、ときどき銃声がきこえている。雲間の太陽がまぶしく、ねっとりしたいやな暑さだ。

あとでわかったことだが、昨夜の機関銃の掃射は、脱出部隊があやまって印度兵の兵舎に迷いこんだためで、虚をつかれた私たちはおのずから三方面へ散開し、ぐんぐん南下したものは沼沢をわたってイラワジの支流に達し、イカダを組んで下航をこころみている。東南へすすんだのは、連隊本部を中心とした、装備もすぐれた統制もとれた歩兵の一団で、いまきこえている火器の音は、かれらが敵と接触しているしるしであった。第三の真東にすすんだのが、ここにひそんでいる集団である。司令部の吉開中尉たちもいた。

将校ぜんぶが集合して、額をよせて相談した。まずは状況の判断である。みな一様に、大部隊での脱出はむりだと考えた。では脱出をあきらめて、最期の陣をしくかというこど。論議のあげく、閣下の命令にしたがって、脱出の意志をまげぬ、したがって、なるべく少人数の部隊にわかれて、それぞれの方法で南下をくわだてるように決めた。

昼食をすますと、はやくもそそくさと出発してゆく兵隊がいる。吉開中尉と私のまわりには、おのずと司令部の下士官兵があつまってきた。獣医部の井上軍曹と、香月衛生軍曹と、兵隊十四、五名。そして香月軍曹は、ビルマ人の少年密偵ヤマト太郎をともない、井上軍曹は、中国正規軍の兵隊ふたりをつれていた。その中国兵には見おぼえがあった。たぶんあちらの衛生兵であったと思うが、トウエッ郊外でわが軍にとらわれ、なにかの事情で死刑ということになったのを、執行直前に私が行政係将校の田島大尉に命ごいして、獣医部にまわして馬の世話をさせていた兵隊である。

　ふたりとも私に気づいたものか、かけよってきた。肩につるした雑嚢《ざつのう》から何やらとりだした。ヤマト太郎の通訳によれば、ふたりとも中国軍の通行証と二着ずつの便衣をもっている、余分の二着を私にわたすから、中国兵に変装してじぶんたちといっしょに脱出をはかってくれというのである。それが恩がえしだというのである。私は、私の体力で脱出に成功するには、なみたいていの方法ではむずかしいと考えた。ままよ、中国兵の恩がえしをうけよう。みんなが南下をこころみるとき、私はむしろ東北へ、すなわち分水嶺をこえて中国領に脱出しよう。中国の深山で、ゆっくり脱出の時間をかせごう。

肉声

遺骨のひもをもう一度かたく結びなおす。シラミだらけの軍服をぬいで、便衣を着ようとすると、中国兵が越中もとった方がよいと助言する。いただきにまるい房のついた毛帽子をかぶる。戦前に、有名なマンガの主人公が使用していたので、私たちが正ちゃん帽とよんでいた、あの子供っぽい帽子である。にわかにすべてのものが軽くなった。軍隊の重量から、するりとぬけだしたような感じである。

水上閣下の遺骨や遺品を分けた六名のうち、この密林の一団にいるのは私だけ。ほかの五名は、どこをどうさまよっているだろうか。ここであらためて、司令部の下士官兵をふたつのグループに分けた。ひとつの組を吉開中尉が指揮。下士官は香月。私の方は妙なグループだ。指揮は私がとるとして、下士官は、便衣に着がえた獣医部の井上軍曹。それにビルマ服のヤマト太郎と、便衣のふたりの中国兵。雲南省を出発するときから片ときもはなれなかった私と香月軍曹とが、たもとを分けたところに注意してください。もし行動をともにしていっしょに死亡したら、衛生部についての記録が消えてしまうのをおそれたのである。

私の名前は、丸といい山といい豊といい、三字ともゆったりした言葉で、肥満型の偉丈夫を連想しやすいが、じつは体格は小さく、体力も弱い。人並みなのは根性だけである。遺骨をたずさえて、ぶじに脱出に成功するには、気力と知恵のかぎりをつくして、あとは天祐をまつとしよう。

ところで、こうして戦争の記憶をたどって日々執筆をつづけているが、私はなにしろ将校だし、しかも司令部付の軍医である。じつは兵隊ひとりひとりの苦渋にくらべたら、私の経験などやさしいものであろう。にもかかわらず、一所懸命語りかけようとしているのは、「軍医である私ですら」体験しなければならなかった苛酷と悲惨をつたえたいのである。

いま私の机の上にある一冊の本『イラワジ会戦』は、これは作戦と用兵についての記録であろうからやむをえないとはいえ、高級将校の将棋あそびを読むようないらだたしさをおぼえる。かつて兵隊であり、戦争参加の傷ついた経験をもつすべてのひとに、そのありのままな記録をすすめたい。その肉声こそ歴史の証言であり、この世でもっとも大切ななにものかを、強い声で訴えつづけるにちがいないのだから。

吉開中尉の部隊と私の一行とは、肩をだきひしと手をにぎって、無言でわかれた。かれらは進路を南の湿地へとり私たちは北東の山嶽へむかってあるきだした。林はいつのまにか森になり、ビルマの太陽が高いしげみをとおして、するどい光の矢を射こんでくる。森の底は急にあたためられて、うっすらとガスがこめている。

沼にて

便衣に着がえて足をふみだしたところまではありありとおぼえているが、それからさきの記憶がすこしとだえて、ぼんやり心にうかびあがってくる風景は、森のなかの沼、その水面のたそがれの光である。沼をめぐる童話風な小道に、ぽかっといくつかの穴があき、とぼけたような大きなフンもおちている。「象ですよ」と、ヤマト太郎が教えてくれる。この日をきっかけに、敗戦直後まで象はなにかと私に縁のふかい動物になるのだが、いまはそのバカでかい足あととフンが、一種のユーモアで私たちをほっとさせるのであった。

おなじくこの日以後、私となじみになったのは、長さ三センチぐらいのあの山ビルである。つんと尻をもちあげて、尺取り虫のあるき方をする。血のあたたかさをもとめて、足くびからふくらはぎ、太もも、恥部へと、女忍者のようにすばやくはいあがり、満腹するとふとさが倍加する。たいして恐ろしい虫ではないが、べつに歓迎しようとは思わぬ。

その夜は火をたいて、交替で不寝番にたった。私は、便衣による脱出計画を、じっと考えなおしてみた。地図にえがいてあるのは、ミイトキーナ付近だけ、奥ビルマになるとかいもく見当がつかなくなる。太陽と星をたよりに方位をさぐろう。山脈の稜線へよじのぼってゆこう。持ち合わせた食べものはあと数日分。なくなったら中国兵に木の実やキノコを拾わせよう。土民に会ったら、ヤマト太郎の通訳で岩塩を分けてもらおう。峠をこえたら中国領のはずである。水のわくところで竹の小屋を組もう。布片を裂いてかたくよじれば、これが火種だ。中国兵を物見にだして、雲南の龍部隊へぬけてゆく間道をさがそう。

しかし、待てよ――と、私は考えた、――もし雲南省の日本軍が撤退していたら。また、中国領では日本の将校として、首に懸賞金のかかっているはずの私を、ふたりの中国兵が出来心で敵へ売らないとどうして保証できよう。私はこころみに、中国兵にたずねてみた。

「正規の通行証をもつきみらは安全ならん。中国語を解せざるわれらは、いかにして歩哨をあざむくや」

「そのときは大人たち、うまくオシのまねをしてください」

あぶない、あぶない。私は計画をもう一度ねりなおすことにした。

私たちが、まっすぐの南下をためらっているのは、友軍陣地とのあいだに、雨ではんらんしたイラワジ支流が何本もあり、どの渡河点も有力な敵が占拠して待ち伏せしているにちがいないと考えたからである。よろしい、くわだてをあらためよう。便衣の身がるさを利用して、東南へすすみ中国国境まで山をのぼりつめたら、ここから分水嶺を南下してゆく。たぶんこの辺でと思うとき、ビルマ領へ下山する。それだけが私たちの活路だと判断した。

尾根を行く

ほとんど真南にあたって、かなり高い山が見えている。ふるさとで言えば、耳納山ほどの高さである。まずあの山を向こう側へ越したいと考えた。たき火をふみ消して、すこしばかり腹ごしらえをして、一列になってあるきはじめた。ふたりの中国兵を先頭にして、つぎに私がヤマト太郎をしたがえ、井上軍曹がしんがりをうけもった。途中に点々と兵隊の死体が放棄され、はやくも腐臭がただよっていた。なぜか、暗号書をふくむ機密書類もばらばらに散らばっていたが、いぶしがって立ちどまる余裕はなかった。

トウゴー街道とよぶ、奥ビルマへ通じる街道を、あたりの眼をぬすんでひとりずつ突破してからは、山すそまでひろい沼沢地帯であった。浅いところでひざ小僧まで、深いところで腰まで。そこをズボンをぬいてじゃぶじゃぶ渡ってゆくのだが、さいわい、水がさらりと澄んでいるのはありがたかった。けれど、ここもヒルが多かった。それもきのうの山ビルとちがって、血を吸うと、ウィンナ・ソーセージよりも大きくなる。このヒルをいちばんこわがったのはヤマト太郎であった。渡渉に要した長時間のあいだに、なんども悲鳴をあげ、ついには大粒の涙をうかべて泣きだした。

山の北のふもとにとりついて、ひとやすみしてズボンをはく。爪先あがりの山みちいになる。このとき、黙々とあるいている五、六名の負傷兵たちを追いぬこうとした。びっこをひいている兵、手のきかぬ兵。あわれな一行である。手足まといになるので、だれも引率しようとしないのであろう。体力もおとろえているので歩きおくれてまだこのあたりをうろうろしているのである。全員ふりむいて、

「引率者はだれですか。私たちをいっしょに連れていってください」

「いま持っている兵器は？　食糧は？」

とたずねると、小銃がたった一つ、めいめいが持っているのは自決用の手りゅう弾だけ。食べものはわずか一、二日分である。ありがたい同行者とはいえないが、私たちも兵器はすくなく、米も僅少。ままよ、どうにかなるさ、と、かれら傷兵たちを私の一行にくわえた。

山をのぼりつめると、くねくねとつづくのは尾根づたいの小道。この山道をそのままあるけば、土民たちにねらいうちさせるかもわからないので、小道に沿うてジグザグに進んだ。すなわち、小道に密着して片側の木立のなかを行き、なにか障害物にぶつかると、そこからひとりずつ、こんどは反対側のしげみにとびこんで、小道に沿ってあるいてゆく。つまり、山の背の道に、不即不離というわけである。足のおそい負傷兵たちを先頭においた。そのうしろがヤマト太郎、それから私。中国兵と井上軍曹が後尾についた。とっぷり日がくれて、だれかれの顔の識別ができぬくらいになった。

月をおそれて

尾根の小道をはさんで、こちらのしげみからむこうの木立ちへひとりずつとびこむのだが、先頭に立った負傷兵が、薄暮につい心を許したものか、小道にでてふらふらとあるきはじめた。折りも折り、心細くなったヤマト太郎がふりむいて、かんだかい声で私を呼んだ。とたんに、だだだっだだだっと、私たちをねらう機関銃の音。眼前十数メートルの近さに銃をすえているようだ。反射的に樹木をたてにして伏せたが、その樹木というのがてのひら一つかくせないような小さな木。はずみをつけて飛びあがり、ヤマト太郎の手をひいて一気に谷間へかけ下りた。井上軍曹もふたりの中国兵も、私についてくるようである。もうあたりはまっくら、盲めっぽうに疾走して、最後にどさっと崖《がけ》をふみはずしたまま身をひそめた。顔を沈めているのは熊笹の感じである。あらい息づかいをおさえて、そのくぼみにかくれたのは、私の一行のほかに十数名、あるいはもっと多いかもしれない。

カチン族の機関銃はしつこく私たちの谷を撃ちまくる。地形にあかるいかれらには、不意をうたれた日本兵の逃げこむコースが、手にとるように判るのであろう。銃声がだんだん山を降りて、私たちに近づいてくる。発射の合い間には、ちんぷんかんな土民のことばと「ちくしょう」とか「残念」とかいう呼び声。私がつれていた患者をふくめて数名の兵隊が、かれらに捕えられた様子である。

ところで、粗野なカチン族は、捕虜たちをどんな方法で始末したことか。ある戦記には、「北ビルマの日本兵は、木にいましめられ真裸で殺されていた」と書いてあるが、この夜の捕虜も、尋常のあつかいは受けなかったにちがいない。

さて、私たちはじりじりと谷をはい上がった。このまま谷にひそんだのでは、みなごろしになること必定と考えたからである。両手で土をかいて崖の途中の棚になったところまで上って、いまは根つきたかたちではいつくばった。ここはカチン族の間道の真下にあたるらしく、けわしい土語が右へ左へ走ってゆくが、さいわい私たちの所在には気づかずにいる。

空がわずかにあかるくなる。雲の切れ間へ月が迫ってゆく気配である。困ったことだ。土にぴったり頬をよせて、身につけたものを、御遺骨、帽子、軍刀、水筒、拳銃……と、ひとつひとつたしかめてみた。腕時計がなくなっている。のっとあらわれた月が、雲をふりはらった。あたりが青く光り、いま身をひそめている兵たちの緊張した顔が、銅板画のようにさえた輪郭をもつ。

　私は、私の一行だけに手で合図して、すこしずつカニの横ばいをしてこの場をはなれていった。野イバラの厚いしげみをくぐって、はじめてどこからもかくれた休息地を見つけた。睡魔がおそうてきた。

崖の上

　みんな眼がさめた。まだ雨季のなかばだというのに、すっかり晴れたすがすがしい朝。いったいここはどこだ？　イバラのしげみから亀のように首をのばして周囲の様子をうかがった。そしてはじめて、便衣をきた私たちの一行が、カチン村のまんなかに迷いこんでいることがわかった。四メートルほどの崖下は四、五戸のカチンの小屋である。万事休す、もはやじたばたしてもせんないことだ。

　とつぜん私は、久留米の歩兵連隊で教育をうけて、見習医官になったばかりのころ、消灯した兵舎で仲間たち十数名と、夜おそくまで小声で討論したことを思いだした。いずれみな戦場へゆく身、若い知識人としてなにを信条にたたかうべきか、という問題をいとぐちにして、めいめいの疑い、不安感、信念などをさらけだしてみた。不意に敵襲をうける。きみはまっしぐらに逃げる。そのときのきみの正体はなにか、生きのびようとする本能だけではないか、という素朴な設問にたいして、私は、そういう特殊なときといえども、高貴な人間性を底にすえた理性を信じるとこたえた。理性に失調をきたした私なら、それはまったく生きるに値しないものであるとこたえた。その理性という言葉が、遠い記憶から急にはげしくよみがえって、つよく私の魂をかむのだ。

戦場の異常な日々のなかで、あやうく理性は狂いそうだ。本能、理性、情感、意志などが入りみだれたいま、私はしっかりと、澄んだ理性の座にすわりなおしてみる必要がある。脱出とか撤退とかいうのは、つまり敗走のそらぞらしい美名ではないか。閣下の側近であった私は、すんなりと死をともにすべきではなかったか。御遺骨をとどけるために、山野をさまよって生きぬこうとするとき、遺骨をたよりに卑怯な心がついてまわっているのではなかろうか。御遺骨をひとつの免罪符にしてはいないだろうか。

みじかい懐疑のすぐあとで、私はもう一度生きることをこころみようと思った。私のそばにあつまった四つの泥まみれの顔を見ては、何はともあれ勇気をふるいおこすべきであると考えた。そして、もっと身がるになるために、イバラのおくへそっと軍刀を捨てた。崖下の部落の気配をうかがいながら、あたらしい活路を案じた。この場をうまく離脱さえすれば、敵の包囲を通りぬけたことになり、あとは飢えと難路とのたたかいになるだろう。カチンの小屋のうしろには小川が見えている。深さが二メートルくらいあるようで、天然の濠の感じである。あの小川へとびこんで、水をわたってしゃにむに下流へあるいてゆこう。あるきながら、その後の方法を考えるとしよう。そこで五名がひとりずつ、崖の上から小川まで一目散にかけていった。みどりかがやく朝であった。

煙

私たちは、小川をかち渡りして下ってゆく。水がひざ小僧をこす。もうここまでくれば懸念なしと、川岸の柳の木かげで炊事をはじめた。

きのうの朝以来の食事である。天気のかげんもあって、その日ぐらしの気やすさが、前途の不安に上回っている。けれども、くつ下に残っている米はわずかになったし、塩はいよいよちょっぴり。そこで、オカズにするのは雑草を入れた味のないすまし汁。その雑草を北ビルマの菊部隊はたしかビルマ・タンポポと名づけ、雲南省の龍部隊は孔明菜と呼んでいた。雲南に屯田兵をおいた諸葛孔明が、救荒のため部落のまわりにうえさせたから、この名をもつということである。足をはう山ビルをはらいのけながら、あじけないすまし汁を吸う。ときどき小指の先につけたごく微量の塩をなめる。じん臓病にかかったことがない私は、このときはじめて塩の甘さを知った。

ふたたび川を下りはじめる。水のふかさに比例して、私たちの速度がしだいに落ちてくる。水がみずおちをぬらすようになったころ、この川の両岸から、どかどかと軍靴のあとが川へ踏みこんでいるのを見つけた。かしこい兵隊がいて、追跡の目をくらますために、右手から侵入して川をわたり、左の岸へ上るとき、わざとうしろ向きに軍靴のあとを残したものであろう。この周到さから察すれば、たぶんこのあたりの地理にくわしい、ある程度秩序をもつ一隊が進んでいったと思われる。この足あとを追尾しよう。なるほどしばらくゆくと、足あとは草むらで忽然《こつぜん》と消え、草むらの裏からこんどは前むきの足あとがつづいていた。あとを追って、もう一度山へむかった。途中、いく組かの兵隊たちと会い、あとになり先に立ちして、日暮れても夜目の利くかぎりをあるいて、岩かげで野宿した。

あくる日は雨。山路をあるいは上りあるいは下りて、疲れきったところでまた野宿した。

そのまたあくる日。きょうは晴天。軍用地図をたどってみると、いま私たちが越えようとする山は、たぶんマヤン高地。その稜線の南の突端にきた。ミイトキーナ東南部の濃緑の平野が一望のもとに見はるかすことができた。その果てに利休色の幅ひろい煙がうずくまり、それが憤怒のようにはねあがって天を突いている。あれがミイトキーナであることはいうまでもない。ついに渡河できなかった将兵と、故意に渡河しなかった将兵とが、死力をつくして、ゆうべ、または今朝、全滅したものと思われる。死臭の市街が焼けているのであろう。国家への忠誠をたしかな義と見さだめねば、なだめようのないかれらの悲傷と怒りである。山の上に凝然と立ちつくす私の心で、乾いた声でセミがないた。

わかれ道

山の稜線の南の端から、二本の道が下ってゆく。一つは東南の方向へかなり急な坂で下山する道。もう一つは、東の方へだらだら坂で下降して、樹木のすくない高原をまっすぐにつきぬけ、この山よりもはるかに峻険な山脈へ消えてゆく道。私は井上軍曹と地図をひろげて、これからの行程を案じていた。

なにしろ、米もなければ塩もつきた。みなすき腹をかかえてなさけない顔をしている。便衣に着かえるときには、深山幽谷に分け入って木の実、草の芽をたべて、と力んでいたものの、いまからこのていたらくでは、分水嶺を越えて自活することなどとてもおぼつかない。こうなれば危険を承知の上で、遠回りをやめて一刻もはやく日本軍の前線へたどりつくことが肝要だと思われた。

そこへ、龍の衛生隊の高橋軍医たちのげんきな隊列が、ざっくざっくと軍靴をならしながら追いついてきた。この一隊が、なぜこんなに遅れて到着したかはわからないけれど、便衣を着たひもじ腹の私たちとはまったく対照的で、軍医をのぞいた全員が、きちんと小銃をになっている。食糧にも不安がないように見えた。高橋軍医は医学生のころの私の上級生だし、やあ、おう、とあいさつして、ふたりの縮尺のちがう地図を読みくらべた。私たちも、このたのもしい高橋隊に参加できれば、東へのだらだら坂の道をえらぶという。高橋軍医はいささかのためらいもなく、東へのだらだら坂の道をえらぶという。私たちも、このたのもしい高橋隊に参加できれば、高山踏破の行軍も可能となろう。三たび方針を変えて、ひとつ高橋軍医に申し入れをしようか、と、口をひらきかけたとき、軍医はさっと立ちあがり、

「じゃあ丸山君、おれたちは先をいそぐ。さようなら。武運をいのるよ」

といいすてて、右へ左へいかつい肩をふりふり、隊列をひきつれてだらだら坂の方へあるきはじめた。

私はむっとした。そうだ、なまじ他人だのみの気をおこすんじゃなかった。私はあくまで私のやり方をつらぬこう。高橋隊をじっと見送った。ひろい高原のなかの一すじみちを、になえ銃《つつ》をして行進していった二十名ばかりのうしろすがたが、いまもまぶたをはなれない。

私たちは、べつの坂道をやっとのことで下山していった。このわかれ道で、高橋軍医と私との運命が明暗ふたつにわかれたのだ。高橋軍医のかすかなつめたさにうらみ

はない。立場がさかさまであったら、私も同様のエゴイズムをしめしたかもわからないのだ。この日からおよそ三週間後に、私の一行はナロンの渡河点を無事生きて通過し、くしくもそのあくる日、高橋隊はおなじ場所で全滅した。河をおよいで逃げてきた伝令一名のいのちをのこして。

死の意味

マヤン高地のうらの谷間で、菊の連隊本部が足ぶみをして、あとからばらばらに脱出してくる兵士たちを収容していた。私たちの下山の道は、この谷間へたどりついた。密林や沼沢へくもの子のように散らばってみても、私たちのいのちがけの触覚は、ある程度一致した方向をさがしあてるというあかしである。

あらためて部隊ごとに集結した。司令部は高級副官にひきいられた一隊だけが先着していた。この一隊と合流して、わずかながら米塩の配給をうけた。困難はさらにつのるとしても、脱出の第一段階がおわった。脱出部隊は、この集結によって、かなり秩序をとりもどした。

　私たちが飯をたいているとなりで、おなじく火をおこしているのは、私の記憶にまちがいがなければ、龍の歩兵の金丸少尉たちであった。火をかこみ胃袋をみたして、こころよい充足が私たちをついおしゃべりにした。きっかけがなんであったか忘れたが、金丸少尉と話のうまがあって、おもに死の意識について夜おそくまで語ったものである。かれは、傷が化のうしたため、はれあがって軍靴もはけぬ片方の足を、つめたい水でひやしながら、熱っぽく死の意味を追った。きのうまでじぶんの死臭をかいで生きてきて、あすからも死のいぶきを感じて脱出行がつづくだろう。達観すればあっけなく、執着すれば深刻になるもの。そこいらに風のように透明にながれていて、それが動けば、生がきらきらとかがやいたり、くらくかげったりするもの。このつかみどころのない死を、たしか北九州の若い僧侶であった金丸少尉は熱心に私に語り、私もまた素心をのべた。

　翌々日。脱出部隊は、生彩のないながい列をつくって、雲にかくれた国境のタレンプーム山へ行進をはじめた。その道のべに、ひとり、またひとり、衰弱した兵隊が身をよこたえて、経文でもとなえるような調子で訴えつづけていた。

「どうか、ころしてくださぁい。お願いだから、ころしてくださぁい」

ながい列は、きこえぬふりをして通りぬけてゆく。自殺のための手りゅう弾すら持ち合わせぬ患者である。どうにかここまでたどりついて、ついに力つきたものか、または今朝から運悪くマラリア発作がおこったのであろう。私も、しらぬ顔して通りすぎる。

山道へさしかかって最初の小休止をとる。ほんの今しがた、あえぎあえぎ上ってきた急坂のあたりで、手りゅう弾のさく裂音がした。その音が山から山へさわやかにこだまして、消えたあとにははげしいセミしぐれである。それがもはやあるけなくなった金丸少尉のいさぎよい自決であったことが、とりとめもないうわさばなしのように、ふっと私の耳にとどいたのは、夕ばえの山の斜面を上るときであった。

竹の国

ミイトキーナからの転出は、おおむね二つのコースをたどった。水の進路と山の進路である。掃射をうけてひくい湿地帯へはしりだした一隊は、イラワジの本流と支流の水合《みなあい》ちかくにたどりつき、数名ずつイカダをつくって、ひるのうちは河岸にひそみ、夜は下航をつづけた。その大多数が射殺されたり溺死したりしているが、幸運な兵隊は友軍が陣をしいているバーモ市街までながれついている。水上閣下の遺骨と遺品をはこぶ六名のうち、私をのぞいた五名はこの水の進路をとって、くしくも全員がぶじにバーモへ漂着している。あの渦の水域をのりきるだけで五時間を要したということである。

山を進むのは私たち。国境のタレンプーム山に、イラワジ支流のみなかみがある。私たちが一ヵ月をついやしてタレンプーム山へまわり道するのは、増水した数本の支流にさまたげられず、なるべく安全に友軍の場所へゆきつくための、やむをえない方法であった。金属はおろか、一枚の紙も一本の木材も存在しない未開の世界を、まい日まい日二十キロから二十七、八キロあるきつづけた。三日に二日は雨。十日に九日は野宿。すなわち十日に一日くらいは、種族の名もわからぬ土民の小屋で、雨にぬれずに仮寝の夢をむすんだ。

あわてふためいた土民たちは、命のつぎに大切なはずの、岩塩すらおきわすれて逃散していた。その岩塩をおさめる器も、五穀を入れる器も竹。かれらの副食のひとつだという黒やきのネズミも竹のクシにさしている。もちろん小屋も竹づくり。生活用具のすべてが竹。垣根も竹、橋も竹。私たちが通りすぎれば、土民は小屋へかえってくるだろう。自然に即した、単純な日常にたちもどるだろう。竹のかたちのように直線的なかれらの平安にくらべて、文明の国にうまれた私たちが、敵をあやめ、ときには味方を見殺しにしながら手に入れようとするものはいったいなんだろう。

山から谷へ、谷から山へ、私たちのながい列は山路のままにうねってゆく。いつのまにか竹の世界のほほえましい習俗を身につけて。たとえば、——尾籠な話ながら、便意をもよおした場合。もよりに渓流があれば、そこへかがみこむのがいちばん手がるである。水のいきおいが即座にいっさいを清めてくれる。川がないときにはちょっと厄介である。山ビルや昆虫に心くばりをすれば排便は随所にできるが、さて、落とし紙のかわりをさがさねばならぬ。そこで木の葉をひろうというわけだが、始末がわるいのは雨に光るてらてらした葉である。ふいてもふいても、かえってよごれがひろがる。私たちは、ほどよく枯れた竹の葉や、キビの葉をえらんだ。

挿話ふたつ

かぼそい山路を踏みわけながら、竹の国のあけくれになじんだ今、私たちがいたくおそれるのは病患である。将兵のすべては、とっくにマラリアにおかされている身であり、雨にうたれていつなんどき、はげしい発作をおこすかもしれない。赤痢も、みるみるうちにはびこった。落伍はすなわち死である。高熱があっても、下痢がつづいても、しゃにむにあるかねばならない。体力気力をぎりぎりつかいはたしたとき、まったく無欲になって道ばたにたおれる。見た目には、麻酔にかかったひとのように、おだやかな入寂《にゅうじゃく》をとげる。そのときの、挿話をふたつ。

挿話の一――

ここにもまた、あるけなくなった患者が、ぬれた草に身をよこたえている。肉体の歩行はおわった。意識だけが、この世とあの世の国ざかいを、たのしげに往きつもどりつしている。そこへ兵隊がとおりかかる。立ちどまって、患者の靴《くつ》とじぶんのやぶれ靴とを見くらべている。そして患者に呼びかける。

「すまんことじゃがのう、その靴をおれにくれんかのう」

患者はしずかにこっくりをする。兵隊は靴をはきかえてあるきだす。つぎの兵隊がとおりかかる。

患者のズボンとじぶんのズボンを見くらべる。

「すまんことじゃがのう、おまえの軍袴《ぐんこ》をおれにくれんかのう」

患者はうなずく。兵隊はズボンをはきかえてあるきだす。

「すまんことじゃがのう、おまえの米をおれにくれんかのう」

「すまんことじゃがのう、おまえのシャツをおれにくれんかのう」

裸になった患者は、微笑をうかべて、静寂の世界へしずんでゆく。

挿話の二――

たぶん菊部隊の少尉だったと思う。かれがナロンの渡河点ちかくで私たちへ追いついたとき、つぎの話を聞かせてくれた。かれはマラリアの脳症をおこし道のべに寝たまま落伍してしまった。やがて雨にうたれて、運よく意識をとりもどしたので、竹のつえをたよりに部隊のあとを追おうとした。しかし、発作が勘をくるわせて、反対の方向へあるきだしたものらしい。山路の両側には、ぽつんぽつんと兵隊が死んでいる。

その死んでいるはずの兵隊のひとりが、小さな声で少尉に呼びかけたそうである。

「少尉どの、少尉どの、それはあともどりになります」

「やあ、ありがとう」

数歩、くびすをかえしてから、ちらりとうしろをふりむいてみた。ゆっくり死なせてくださいよ、といった格好で、患者はまぶたを閉じていた。

このふたつの情景はしごく無残なようで、じつはその場の私たちには、憤りのはての、かすかなユーモアさえもつ常凡な出来ごとであった。

軍律

タレンプーム山へのまわり道をして、私たちはふたたび低地へ下りてきた。むしあつい谷間の道をゆっくりゆっくりあるいていた。「あすはナロンの渡河点に着くそうな」ながい隊列の先頭から、後尾をすすむ私たちまで、うれしいうわさが口づたえにながれてきた。そのうわさを追いかけて「連隊長命令、落伍者をだすな、やむをえぬ落伍者は、それぞれの上級者にて責任をもって処分せよ」と、きびしい命令がつたわってきた。処分の意味のゆゆしさを考えたとき、私はすぐに石橋上等兵の身を案じた。

司令部の将兵は、高級副官がつれた一隊と、私の便衣の一隊とが合流して、心をあわせてどうやらここまでたどりついたが、二、三日前から石橋上等兵が赤痢にかかって難渋している。かれは、ミイトキーナまでは吉開中尉の当番兵であった。暗夜に印度兵の兵舎へ迷いこんだとき、中尉とはぐれてしまったものである。中尉の戦闘指揮のたくみさと、部下思いのあつい情に、かねてから私は敬服していた。その中尉が、とくに目をかけている兵隊が石橋である。私も石橋には、とくべつ心くばりをしてきたが、下痢をしながらの行軍にみるみる衰弱してゆくのを、どうすることもできない。

私たちは雑木の枝を二本切りおとした。その一本でかれを前からひっぱり、一本でうしろからあと押しをする。なにしろ伝染病のことだから、じかに肩を貸すわけにゆかない。「あと十日もすればバーモ市街に着くはず。むこうには薬品があるにちがいない。あとすこしの辛抱だ」と、はげましつづけるが、かれはあぶなっかしい千鳥足で、私たちはうねうねとながい列の、いちばんどんじりをあるいていた。

旅の疲労が私たちの理性をくもらせていた。命令者はなにを考えているのか。なぜ落伍兵を処分しなければならないのか。軍の栄光のためか、敵の追跡をさけるためか。

人間が人間を処分するとはどういうことか。命令にそむいた場合なにがはじまるのか。それらを一つ一つ胸のおくでさばいてゆく根気がにぶっていた。

命令にそむき、軍神の名と二階級特進とをなげうって、将兵数百名のいのちを救われた閣下の遺骨を、シラミのついた三角巾のなかに蔵しながら、私じしんはこの場合の抗命に、考えおよびもしなかったのだ。石橋上等兵を落伍させてはならない、きっとバーモまであるかせるぞ、といちずに気負いたつものの、もしかれが根つきて脱落するものなら、草葉のかげで大地に帰するように死へ朽ちさせるよりも、命令のまま「だれかの手で」上等兵を処分しなければなるまいと考えた。しかし「それはいったいだれの手で？」不吉な影が心に落ちる。

影について

ナロンの渡河点に、脱出部隊をむかえにきた友軍が、渡し舟を用意してしびれを切らしていることがわかった。そのナロンに、夕方ごろには到着するだろう。私と堀軍曹とは、はげましてみたり、声あらく叱ってみたりして、石橋上等兵につきそっていた。かれはまぶたをとじて、よろよろとすこしあるいては立ちどまり、またあるいては立ちどまる。そのおぼつかない歩行の区間がしだいにみじかくなり、ためいきをついては休憩する時間がながくなった。そしてとうとう道ばたのシダの群生の上に寝ころんでしまった。

「渡河点まであと六キロ。舟が待っているそうだ。さあ棒につかまって起ちあがれ」「腰ぬけ兵でない証拠に、石橋、もう一度起ちあがるんだ」「もう石橋は駄目ですから、ここで一晩ゆっくり眠らせてください」「残念ながら、命令にそむくわけにはいかないのだ。死にたくないのなら、さあ起ちあがれ」「いや、もう駄目であります」「じゃあ死んでくれるか」「……」「困ったなあ」「やっぱり死なねばならんのですか」「許してくれ。なにか言いのこすことがあるか」「まだ死にとうないです」「困ったなあ、死んでくれんか」「……」「吉開中尉にもつたえるから、なにか言っておきたいことはないか」「石橋は、ワンチンのボタもちが食べたかです」

ワンチンは雲南省の入り口の村落。私が進撃の折に、月白の公路をながめて、前途の思いに心いためたところ。石橋上等兵は、なにかの公用の際、ワンチンを通過して、日本軍の酒保がつくるボタもちに舌つづみをうったものであろう。あの甘い食べものをもう一度のどに通したいというのである。遺言になるべきことばが、故国の両親や、その手づくりの料理のことでないかなしさ。臨終のときの夢も日本にとどかないほどながい歳月、異土をさまよいつづけたわけである。

「よし、ワンチンのボタもちなら、どっさり仏前にそなえてやる。だからとにかく死んでくれよ。目をつぶってくれ、さあ合掌してくれ」

私がそういっているとき、堀軍曹は銃をかまえた。殺意がうごいた。

「待ってください。石橋はまだ死にとうはなかです」

樹木の影と木もれ日のように、私と堀軍曹の胸のなかでも、まだらの光りと影がざわめいた。命令にそむこう。殺したことにしよう。堀軍曹に、太陽のありかへ向けて、引金をひかせた。乾いた音が野をわたった。この音は、先頭をゆく連隊長にもきこえたことであろう。そして、風にひるがえるシダの葉の波に、石橋上等兵の体をしずめた。「思うぞんぶん、眠るんだぞ」ほほの肉はおちたが、にっこり笑う石橋のあどけなさ。うわべは罪をすりぬけたが、おそろしや、意識の底で、ほんの一瞬、殺意の照準をさだめたというまぎれもない事実。

嘆きの森

ナロンの渡河点からバーモの町までは靴がやぶれてはだしの行軍。雨にぬれた坂道の粘土になんども足をとられた。バーモには、イラワジ河のコースをとっていのちを拾った数名の兵隊が待機していた。この数名のなかに、香月軍曹がいた。感傷をなかばおさえて手をにぎりあった。水上閣下の遺骨と遺品をたずさえた執行大尉以下五人は、雲南省の芒市へ先行していた。

実の弟のようになついたヤマト太郎は、菊部隊へかえすことにして、その手つづきをとっているうち、ざわざわと落ちつきのないバーモの町のたそがれが、かれと私たちとを引きはなしてしまった。母国を愛するというよりも、日本びいきというよりも、子供らしい冒険心でいっぱいの少年であった。かれのふるさとは、王宮の町マンダレー。戦火にすたれゆくあの古都へ、ぶじにかえりついてくれればよいが。

私たちはバーモ守備隊から、近郊の小部落で数日間の宿営をするように指示をうけた。空っぽの五軒の民家に数名ずつ分宿した。民家のすぐ下を、浅い広い川がゆるやかに彎曲していた。もう雨季のおわり、晴れた日は絹色の、雨の日はネズミ色のさざなみをたてていた。起きしなに、波が絹色にかがやく日は、三キロはなれた川べの森へ退避した。森というものの、林とよぶにはやや深すぎるくらいのしげりで、樹木の一本一本はゆったりした巨木であった。

その日、雨雲がひくく、川のさざなみはネズミ色であった。窓から手をさしのべてみると、たなごころがわずかにしめった。虫のしらせか、私はふっと退避する気になって、みなをさそったが、香月と堀の両軍曹、それに三人の兵隊とふたりの中国兵が宿舎にのこった。畑地から川原にぬける小道をたどって、森の入口の巨木の根方で、思い思いに腰を下した。ものの十分とたたないうち、敵機の編隊が低空で通りすぎ、宿舎の上も通過したとみせて、くるりと一機が反転して急降下、ついで一機、また一機、矢つぎばやの爆撃。黒煙。敵機が去ると同時に、私たちは宿舎へ走った。直撃をうけた上、炎につつまれた屍体は、まっくろで誰彼の見わけもつかない。香月軍曹だけが畑のへりまで這いだして倒れている。かれをかかえだして、畑と森のさかいの作物小屋に寝かせた。腹部の大きな傷からはらわたがのぞいている。気丈なかれは、一言の弱音もはかず、きょろきょろと私たちのありかをたしかめては、また瞼をとじる。

しっかりせよと、ことばのはげましを送るばかりで、策をもたぬ私たち。この日、ついに香月軍曹は死んだ。かすれた声で、バンザイをいって、なにへバンザイをいったか、耳を近づけたが、聞きとれなかった。私はつくづくと、戦争にたいする一個の人間の非力を思った。じつに徹底して非力である。しかし私は思いかえすのであった。たしかに一個の人間は砂よりも微弱だが、けっして、永遠に非力であってはならない、と。

悪寒

九月のおわり、やや秋めいた雲南省の芒市に、ようやく私はたどりついた。怒江をのぞむ山頂に陣を布していたラモウの六百五十名は、九月十日に全員戦死。おなじく十四日までには、トウエツ城守備の千六百名もことごとく壮烈な戦死。いまは、わずかの兵力で善戦をつづける龍陵と芒市とが、第一線になっていた。この雲南地区に攻めよせた敵の兵力は二十八万をかぞえた。トウエツは、私たちの留守部隊がいたところ、戦死者名簿をひもとくと、将校にも兵隊にも甘苦をともにしたなつかしい姓名がならぶ。ラモウでも、毛利中尉などの親友が戦死した。たぶん、私の体験をはるかに上回る無残が、玉砕という美しいことばの下にうもれた。

芒市には、澄んだ空気をふるわせて、いんいんと砲声がとどろいていた。師団軍医部に直行して、部長に生還の報告をするとともに、水上閣下の御遺骨をわたした。林田軍医（大牟田）、迎軍医（佐賀）らが、あたたかい茶をすすめてくれた。一口二口のどをうるおしたが、こまごました話はまだしたくなかった。そのとき、とつぜん猛烈な悪寒がはじまった。それは肉体の悪寒であると同時に、精神の悪寒であった。心の急所に震源をもつ悪寒であった。体温がみるみる高くなった。たたかいへのつもった違和を、血だらけの記憶を、嘔吐で、びっしょりの発汗で、思うぞんぶんふり捨てようとする悪寒であった。

夜がきて、朝がきて、気がつくと私は、芒市のはずれのにわかづくりの小屋に寝ていた。軍医部長の配慮である。となりには、砲兵隊の木下中尉が、これも参謀長のとくべつのはからいで、しばらくの休養をとっていた。中尉は、ラモウ陣地全滅の直前に、守備隊の総指揮をとった真鍋大尉から情況報告のための脱出を命ぜられ、兵二名とともに便衣を着た。そしてたくみに敵陣をくぐりぬけて一週間後に龍陵についた。

その数奇がまるでウソのような、物腰のおだやかな中尉であった。私は、午後になるとマラリア発作に見舞われたが、そのたびかれは、じぶんの分の軍用毛布まで私の胸にかけてくれた。

さて、私はこれまで、ミイトキーナ攻防戦の追憶を、かいつまんで記述してきた。それは、死のかなしみに終始した体験であった。私の部隊は、私たち数名をのこして、この世から消えてしまった。生きのこった数名は、それぞれ適当な部隊へ転属を命ぜられた。私も龍の野戦病院付となり、あたらしい任務をもって、この日から敗戦までの一年間を、いよいよ深まる戦争の凄惨をかみしめて生きた。

思えば、私のいのちの糧《かて》としてきたものは、戦場の死者たちのおびただしい血である。ゆめ、ひとりだちしたいのちなどと思いあがってはならない。

死者たちの声が未来へむけて、真にいきいきとよみがえるとき、私のいのちもはじめてみずみずしくなるというものだ。

むすびの章

ユーモアもなければ艶《つや》もない、といってふてぶてしい毒もない、ふるい文体の随筆を、二ヵ月のながい間、読みつづけてくださった皆さんに、心からの礼をいいたい。はじめはそのつもりはなかったが、戦場回想にはじまってとうとう最後まで戦争のことを書いてしまった。訴えたいことが多すぎて、戦場離脱ができなかったのだ。その間、じつに多数の方からお手紙や電話をいただき、医業のわずかの余暇をひろって、頭にねじハチまきをして執筆しなければならぬ私には、まことにありがたい激励となった。

ところで、その多数の手紙のなかのただ一通が、「戦争の記述がつづいていますね。そろそろこの辺で、もっと今日的な問題に、あなたの詩人としての批評精神をしめしてください」と注文をつけてきた。しかし私は、愚直にも戦争体験を書きつづけた。戦争の問題こそ、もっとも今日的な主題ではなかろうか。私の回想は二十五年をさかのぼる。だが、あのときの状況や思考が、今日とどれほど異質であろうか。戦争を体験した私たち世代の平和論と、戦争をくぐらない青年たちの反戦論とが、ことし、来年と、いよいよはげしくからみ合うとすれば、その討議の場へ、ささやかながらひとつの資料を提出したいのである。

つぎに、長崎県の小浜町の本多薫さんというご婦人から再度ありがたい長文のお手紙をいただいたが、その末尾に、「こういう、当然発表すべき体験をもっていて、なぜいままで沈黙していたのですか」という意味の、うらみごとが書いてあった。耳に痛い手紙である。すこし弁解しておきたい。

かねて私は現代詩を書く。そこでは、戦争を主題にしていくつかの作品をこころみてきたが、なにしろ現代詩は、一種の難解さをもっている。皆さんのすべてに、よろこんで読んでいただくというわけにはいかない。そして私は、小説をあまり好まない。小説のもつしらじらしい虚構が、とかく鼻につくのである。しかも私は、随筆（記録文もふくめて）という形式も、今日までなるべく避けてきた。随筆がおちいりやすい日常性や回顧性をおそれて、私じしんが精神的に老いを感じるまでは、随筆を遠慮しようと思っていた。これが、これまで沈黙してきた理由のひとつである。

第二の理由としては、今になってようやく真実が語れそうな気がしてきたからである。二十五年の歳月の長さばかりではない。私の年齢が、どうやらそこまで到達したということである。いろんな戦記を読むたびに、戦争はそんなにみにくいものではないと思った。また、そんなに美しいものではないと思った。ありのままに書くというのは、むずかしいことだと思った。では、私は、ありのままを表現できたろうか。私のつたない筆力ではとてもとても。しかし、はっきりいって、戦争にはまだ書けない部分が一点だけのこっている。しかしその一点は、今ではもう、戦地をえがきだす上にさして重要でないことを書きそえておきたい。

（「西日本新聞」一九六九・七・一〜八・二七）

初版のあとがき

この「月白の道」は、西日本新聞の好意によって完成しました。編集局から、なかば命令的に二ヵ月にわたる連載執筆のすすめがなければ、医事に多忙な私が、百五十枚の原稿を書きあげることなど、思いもつかなかったのです。

けれども、中国雲南省および北ビルマにおける戦争体験は、生あるうちに一度は散文として書きのこしたいと考えていました。まずは無念な死者たちへの鎮魂のため、つぎは私自身の痛みをあらわにするため、そして戦場のありのままを訴えるため、あの荒寥《こうりょう》と絶叫を、いつかは記録しなければならぬと思いながら、ついつい二十五年をいたずらに通過してしまいました。

今こうして、どうやら責任の一端をはたしてみまして、限られた私の表現能力が、しょせん文学にまで高めかねたことを恥じています。

あの重ぐるしい戦争も結末に近く、私はビルマからタイ国へつづく河床道をたどっていました。雨季は河です。乾季は阿片商人の道路です。そして、当時の私たちはそれを白骨街道ととなえました。延々とチークの原始林をぬけてゆくその道路の両側に、おびただしい死者が野ざらしになっていたからです。それまでを生きぬき、そこをまた生きて通りぬけるのは、大変なことでした。その河床道で、私と道づれになったひとりの兵隊がいました。かれは偶然にも、私と同じ久留米生れでしたから、その名と顔かたちを心にはっきりきざみました。

たたかいに敗れ、私は中部タイで傷病兵の治療をしました。九ヵ月後に日本へかえりついてからは、久留米の諏訪野町というところで医院をひらきました。医院にほど近い戦災者のための急造住宅で、ぱったりかれと出会いました。まじめに戦後の生活の準備をしている様子でした。ところが、その次に会った折りには、かれの生活のすみやかな荒廃にびっくりしました。そばにはやさしい老母がいるのに、かれは魂をだれかに売りわたしたかのように自棄的でした。霜柱のかたいある夜あけ、たぶん夜っぴてドブロクにひたってきたかれは、自宅の戸口でつめたくなって倒れていました。やりばのない憤りで、私はひらひらした屍体検案書にかれの名前を書きこみました。

吉田軍曹は佐賀県の背振村に帰還してきました。輸送船にのって故国をはなれるときから雲南・ビルマの激戦の日々にいたるまで、かれは私の部隊にいました。（もっとも、私がミイトキーナ戦に参加するすこし前に、かれはべつの部隊へ転属しましたが)。かしこくてきびきびして、明るくて、勇敢で、模範兵のなかの模範兵ということができました。死のひしめきを運よくくぐりぬけて、なつかしの山ふところの村、背振にかえりつき、老母がまもってきた田畑を耕すことになりました。貧しい農家ではありましたが、といってその日の糧に困るほどではなかったといいます。そのうち、となり村の農家の娘をめとり、げんきな子供をうみ、村の篤農家として、一見なごやかな朝夕を送っていました。そして十数年が経過しました。ある日、とつぜん、「なんの理由もなく」農薬をのんで自殺したのです。もちろん、遺言も遺書もありません。村のひとは、不思議なことよ、と首をかしげるだけです。

かれの未亡人は、毎年旧の正月になると、あたらしい餅をどっさり風呂敷につつんで、おんぼろバスにゆられて里へ降りてきます。むかし上官であった私に、餅をふるまうというのです。そして、帰りしなに一度はつぶやくのです、「どうして死にんさったか、ちっともわからん」。

あのドブロクで血を吐いた兵隊の心の荒《すさ》みや、ふっとこの世にさよならをした吉田軍曹の胸のうちが、私にはよくわかるような気がします。それは単純な無常感だけではないのです。しかしまた、自省の意味をこめていえば、戦場での勇気とは、つまりはその程度の強さでしかなかったのか、とも考えられるのです。
この本をまとめるにあたって、心のこもった文章を安西均氏に、扉の絵を浜田知明氏に、肖像画を内野秀美氏にいただきました。それぞれ私が尊敬する芸術家です。心からお礼を申します。創言社主人にもずいぶんお世話をかけました。

昭和四十五年一月二十四日

丸山　豊

再版『月白の道』のあとがき

日本人には、記憶を美化する性向があるといいます。私としても例外ではないでしょう。『月白の道』の場合でも『南の細道』の場合でも、いつのまにか過分な過去浄化がはたらいているかもしれません。生来楽天的であり、感性的であり、論理がゆるく反省が不徹底です。そして『月白の道』ではまだ記憶が多少とも冴えていましたが、『南の細道』の執筆となると、思い出もとぎれとぎれです。

中国の雲南からビルマをよぎって、タイのチェンマイまでの泥まみれの敗退は、ゆうに二〇〇〇キロ以上の距離をもち、サルウイン渡河からチェンマイへの山岳地帯だけでも四〇〇〇キロをこしています。このながい行程をとりたてた冒険もなく、黙々と後退をつづけたわけですが、そのおりの思考や感情など、くわしく思いおこす術はありません。わずかに記憶をよびもどすとしても、うすぐらい恥部はしずんでしまって、見わたすかぎり馥郁《ふくいく》とした芥子《けし》畑とか、丘の上の椎の大樹のかがやきとかが、瞼のおくで意味もなく壮麗です。

回想美化の傾きは、べつに責められることではないでしょうが、戦場ノートとしては肝腎な点がゆがめられるきらいがあります。いったいに、じぶんが得をしない記憶はさっとわすれ、好都合な部分がいつまでも生きるものです。これは戦記の機敏といってもよいでしょう。だからさかさにいえば、あの臨戦の混雑から、無意識のうちに選択して、なにをどういうふうに記憶しているかによって、その戦士の性格とか、思想信条の類推ができます。

さて私には戦後つねづね、ひじょうに慎重にとりあつかっている言葉が三つあります。英霊と玉砕と平和です。英霊と玉砕については、その言葉の苦さ硬さをかみしめて、胸のなかで言葉にかなう精神的なかたまりが判ったときだけ使用することにしています。平和については、今日の今日までほとんど唇にのせたことがありません。かるがるしい平和甘受をみずからいましめるためです。

どうやら『月白の道』再版のはこびになりました。戦友たちの力ぞえと創言社の骨折りにお礼を申します。そして何よりも地下の水上閣下に合掌いたします。

昭和六十二年九月二十五日　　　丸山　豊

前列中央が水上少将。後列左から二人目が著者。
(昭和一八年八月下旬)

Ⅱ　南の細道

母親に宛てたはがき
（昭和一八年八月頃？）

昭和一八年八月

軍神を返上した水上少将

人間らしい将軍

夜霧のテンメン公路を、アジア大陸のおくへおくへとトラックで走る。停車するたびに、夜猿の啼《な》き声が、兵隊の誰何《すいか》のようにするどい。雲南省は怒江にちかい龍陵の町で車を下りる。ここからはラバの背に装具をのせて、北ビルマのトウエッツという町までたっぷり二日行程。シンガポールの陸軍病院から、海をわたり曠野《こうや》をぬけ幾山河こえて、前線の原隊へかえっていく私の、まるで母のみずおちへもどるようないそいそとした旅であった。山国の、伝説のように美しい町トウエッツ、そこに母がいるはずはなく、兄妹が住んでいるわけでもない。しかし、比島・ボルネオ・ジャワ・ビルマと、めまぐるしい転戦のあいだ、生死をともにしてきた汗くさい戦友がいるところ、すなわちそれは、私たちの家であり、ふるさとであり、死ぬべき場所であった。それが原隊というものであった。そしてそこに、未見のあたらしい父がいた。その名を水上源蔵と呼んだ。

私の部隊――龍部隊の歩兵団司令部は、トウエッのたった一つの近代風な建物である旧英国領事館を使用していた。私がマラリアに罹《かか》って、ラングーンやシンガポールで療養しているうち、司令部は、ペストにおかされた町龍陵から、桃源の町トウエッへ移動していた。峠の道をみどりの盆地へ下りてきて、龍雲の銅像のある城門前広場で左に折れ、城壁沿いに五百メートルたどり、石の営門をくぐると、バラ園のある営庭である。なつかしい戦友たちと肩をたたいてよろこびあったあと、復隊の申告をするために、司令官の水上閣下をさがした。営庭の一隅ににわかづくりの鶏舎があり、その金網の前にかがみこんで、主計の三坂少佐や、獣医の中村中尉たちと、卵のひとつひとつに日付けを記入しておられるのが閣下であった。小ぶとりですこし猫背に見える体つきといい、ひとなつっこい丸い眼といい、いかにもボクトツなお百姓の感じ。癇性《かんしょう》だった前任の坂口少将とまったく反対のタイプであった。なにやら簡潔な言葉で、シンガポールから雲南までの長い旅をねぎらわれた。言葉の内容はとにかく、そのおだやかな抑揚のため、あたたかいものが身うちにずんとしみわたるような気がした。

その後、私には側近としての陣営生活がつづいた。秋から初冬にかけてはあたらしい作戦があって、閣下にしたがってひと月あまり、ヒマラヤにつらなら峻険《しゅんけん》な山岳の隊商路をたどって戦旅をかさね、敵三十六師をみごとに粉砕した。もうそのころには、閣下の慈父さながらの情味が、将兵ひとりひとりの胸のなかにじゅうぶんつたわっていた。そして、私の知るかぎりでは、肥後の男の一徹さをもつ情報係の田島大尉だけが、閣下の温厚に不満をもらした。

閣下は、雪の山頂で分哨《ぶんしょう》にたつ孤独な兵隊たちも、せめて二品ぐらいの副食がたべられるように配慮してくださった（朝も夕も唐瓜汁だけの日がつづいていた）。また、討伐からのかえりには、いったん営門をくぐっても軍装をとかずに、落伍した兵の最後のひとりがたどりつくまで、心配げに門のそでで待っておられた。いくさがない日には、気さくに兵隊たちと、城壁一周の駆け足をなさった。だが、それらはべつに際だった美徳ではない。むしろ平凡なものをもつ、もっとも人間らしい将軍に見えた。もちろん、智将でもなく猛将でもなかった。それでよかった。その人間らしさのためにこそ、私たちのはかりしれぬ未来を、かるがると託し得る将軍だと思った。

裸で兵と語る

私は予備役の軍医少将であった。だから、作戦関係の将校のようには、当時のくわしい戦況をしらない。だが、司令部にいて、各科の将校とじかに接しているので、敵状とか友軍のうごきを大まかにつかむことはできた。北ビルマのフーコン方面にはアメリカ式の装備をもつ六個師団の重慶軍、怒江の対岸には雲南遠征軍の九個師団がひしひしと迫っていた。印度・ビルマ・中国をむすぶレド公路を打開しようという、その兵力はわが軍の十数倍である。ましで空は、ひねもす夜もすがら敵軍のもの、友軍機にはついぞお目にかかることができない。このころ、閣下と師団参謀長とのあいだに、作戦上の多少の衝突があるように聞いた。しかし、閣下の温容には変化がなかった。

昭和十九年四月、北ビルマのミイトキーナが敵軍に包囲された。軍司令官の命令で、閣下が救援のために出陣されることになり、わずかの手兵がしたがった。北ビルマは、龍の兄弟師団である菊部隊が守るところ。北ビルマの戦況が急迫したように、龍の周辺も風雲急で、救援を待つミイトキーナの苦境と、龍からは一兵たりとも減らすわけにはいかぬ情勢とに矛盾があって、軍司令部と龍師団司令部とのあいだに、相当けわしいやりとりがあったもようである。それにしても、水上閣下は歩兵団長であり、三つの歩兵連隊を統《す》べるべきもの。その閣下に、一個大隊にみたぬ歩兵と山砲三門をもたせて、となりの師団へ急行させるのは、のっけから「死ぬべき立場」へ追いこむことであった。二十倍の敵軍にかこまれて苦戦しているミイトキーナが待ちのぞんでいるのは、実力兵のはずである。そこの司令官である丸山連隊長の頭の上に、水上少将という上級者がきて、そのじつ、増援された兵力は一個大隊未満というのでは、丸山連隊長のふくれづらが、いまからありありと予想できるのだ。閣下の胸奥での苦悩がはじまった。それでも、その温容には、すこしの変化も見られなかった。

司令部の将兵は、半数が作戦に参加し、のこり半数はトウエッツの留守をまもった。私は閣下のお供をすることになった。ミイトキーナへゆくには、テンメン公路を国境の町ワンチンまでひきかえして、ここからマルコ・ポーロ道路を北上する。イラワジ支流の、ある渡河点についたとき、にわかに軍司令部から、そこにとどまれとの命令がきた。まさに雨季のはじまり。雨の日と晴れた日がこもごもで、河の水かさはしだいにふくれていく。河を見おろす丘の斜面に古びたパコダがあり、パコダと僧院をつないで屋根つきの階段がZ状にせり上っていた。僧院の風とおしのよい一室をかりて、閣下は吉開中尉や二宮中尉らと碁をうたれた。囲碁は閣下の何よりのたのしみ、だから当番兵は、碁盤だけは後生大事に馬の背につんでいた。しかしこの時以後、ついに碁石をにぎれなかった。戦っている兵隊のことを思えば、囲碁などたのしむわけにはいかぬと、自決の日まできっぱりと碁盤をしりぞけられた。

作戦についての混乱がまだつづいているのか、ワンチンまで後退の命令がきて、閣下は首をかしげて命令にしたがわれた。ワンチン待機の旬日は、雨よりも好天のほうが多く、一日、私たち側近は、閣下の遠乗りのともをした。私たちが一昨年、はじめて雲南省に突入した夕、戦死した兵士を荼毘《だび》に付した思い出の丘も、色直しの季節をむかえてうすみどりに映えていた。速歩で、馬のくびすじがつややかに汗ばむまで走って、水飼いのため河辺で馬をとめた。ここで閣下は下馬して、上衣をぬいで、身のたけほどのびた葦《あし》を分けてあるいていかれた。排尿でもなさるのかとしばらく待っていたが、なかなかもどられぬ。あとを追ってみると、汀《みぎわ》にすわって、ふたりの兵隊とのんびり談笑しておられる。「ここで釣りをしたらなあ」「ここなら投網にかぎるばい」「おまえ、投網ができるのか」「おれは筑後川そだち、兄貴といっしょに網を打ったもんたい」そんな会話がつづき、閣下は目をほそめて、いかにもたのしそうであった。まだ軍刀や拍車に気づかぬ兵隊は、日やけした閣下を、慰安所についてきた軍属とでも思っているのだろう。裸で、だれの心の中心にもするりと近づいていかれる。

そういう親しみやすい将軍であった。酷薄と慢心によって、軍がしだいに墓穴をほっているとき、真の軍人が人間として、なぜにどんなにあたたかであり、また、なぜにどんなにさめていなければならないかを、しずかに問いつめておられる将軍であった。

ミイトキーナへ支援上陸

十日間のワンチン滞在ののち、あらためて、ミイトキーナへ急行せよとの命令をうけた。イラワジ河右岸の町ミイトキーナは、重慶軍三個師団とアメリカ工兵隊および歩兵隊よりなる敵軍にかこまれて、連日死闘をくりかえしていた。閣下の意中はいざ知らず、私たちはそれが、死への旅程であるとは夢にも考えてはいなかった。夜を日についでの強行軍に出発した。雨季の様相も濃くなって、たたきつけるような痛烈な雨が数時間つづいては、ほんのしばらく晴れ間を見せるが、ふたたび視野もうしなうどしゃぶりとなる。数本のイラワジ支流が増水して進軍をはばみ、漆黒《しっこく》の夜は、盲者の行列さながらである。われわれは手をにぎり合って、粘土質のぬかるみを踏みしめていった。最初の地雷原では、全部隊がずぶぬれのまま立ちすくみ、工兵の地雷排除を待った。閣下も馬の胴にもたれて、一夜をあかされた。若干の負傷者もでた。第二の地雷原では、しばらくあるいてみたいと申された閣下にかわって、閣下の馬にまたがった山田中尉が、馬体もろともはねとばされた。馬ははらわたをだして即死、中尉の足はこなごなにくだけた。私は衛生兵をつれて地雷原を走り、中尉に仮包帯をほどこして、後につづく衛生隊の担架にあずけた。

ミイトキーナに接近するにつれて、砲声が呆けた音で天蓋《てんがい》にこだました。雨のやんだ夜は、とびかう火器のいろどりが、祭の花火のように華麗で、私たちはまだそこから、明日のまがまがしさを感じとることができなかった。

敵の、ミイトキーナ包囲の輪も、そのころは東背部が手薄で、ここから落日に映えた無人部落に入り、ネムの木や菩提樹のかげで夜をあかした。弾薬・糧秣《りょうまつ》・馬匹《ばひつ》などと、その保管に要するわずかの兵力をのこして、東が白むとともに、草にかくれた道をイラワジの水際まであるいた。イラワジは水かさがゆたかで、朝日にかがやく河面が、生きもののように力づよくもり上っていた。工兵隊の鉄舟にのって、こころよいモーターの音をたてて、ミイトキーナ北地区に上陸した。敵機もとばず、銃砲声もきこえなかった。ここが激戦場などとはとうてい考えられぬ、東西およそ一キロ、南北三キロの近代風なあかるい小市街であった。きれいな道路が縦横に走り、両側には避暑地風の洋館が、手入れのゆきとどいた垣根にかこまれ、ひろびろとした芝生は、いくらか露ばんで、まだ人の血を吸っていなかった。私たちは英人墓地に案内されて、天井のない壕で宿舎割りを待った。墓地とはいうものの、そこからは墓標ひとつ見えず、ちらちらとあかるいかげろうがもえて、陰惨の気はどこにもなかった。菊の第一一四連隊が、二十倍にふくれあがった敵にかこまれ、白兵戦をくりかえしている場所だということが、まったく嘘みたいであった。しかし、その激越な現実を感じるのに、あまり多くの時間は要しなかった。西地区から南地区へ、南地区から西地区へ、銃砲撃の波がうねりはじめた。正午をすぎて、司令部宿舎にあてられた英人住宅へ急行する途中、ユーカリに似た大樹の根方で、五、六名の兵が爆死していた。そのなかの一人には、生々しくさけた木の枝のするどい切っ先が、腰から腹へぐさッとつきささっていた。直撃はうけなかったものの、爆弾でさけた木の枝が、運悪くかれをクシ刺しにしたものであろう。実験用の蛙のようなその格好が、一見コッケイであるだけよけいに哀れで、つぎつぎに黙礼しながら通りぬけるほかはなかった。

死ぬべき部隊の長となる

宿舎の二階のバルコニーに面した部屋は閣下に、両どなりの部屋は私たち側近に、階下の諸部屋は下士官・兵にわりあてられ、みどりの庭園の、バルコニーの真下にあたるところに、Ｌの字のかたちに粗末な壕をほりはじめた。私たちが地下生活をはじめる準備である。さらに、宿舎の母屋から使用人室へわたる廊下に、炊事のカマドをかまえ、この横に炊事用の壕をつくり、庭園のあちこちには、ここは通信班、あそこは暗号班というふうに、グループごとの壕を急造することにした。その他、数多くのタコツボ（天井のない個人壕）も必要であった。

午後四時すぎ、閣下は、宿舎にほど近い、菊の戦闘司令所にでかけられた。今日から ミイトキーナは、龍・菊混成三千名の守備隊（しかし、その半ばは患者や兵站《へいたん》部隊などである）となり、指揮権が丸山連隊長から閣下へうつるのである。司令室には、閣下と、高級副官の鹿毛少佐、次級副官の堀江屋中尉らが入り、私はそとで待っていたが、接見の様子はガラス戸ごしに見えていた。べつに興味もなかった私は、ぼんやりと砲の音などかぞえていたが、そのうちドアがひらいて閣下が出てこられた。つづく堀江屋中尉の顔が気色ばんでいる。聞けば、丸山連隊長は、胸にわざわざ陸軍大学優等卒業のしるしをかざり、態度も言葉も横柄《おうへい》であったという。なるほど、敵の包囲に耐えてきた勇猛な連隊長である。少数の手兵をつれてのこのこと出かけてきた水上少将などじゃまっけだというのであろう。この日から、落城にいたるまでの六十余日、閣下は、戦闘の直接指揮を丸山連隊長にゆだねられた。ただ、死ぬべき全軍の精神的な統御の立場をつらぬき、いっさいの責任を身ひとつに負う覚悟は、非情な上官としてなりひびいた連隊長との、気まずい会見のときに、はっきり固まったものと考えられる。

負傷兵も銃をとる

日が暮れてしばらくは、夕餉《ゆうげ》のやすらぎとでもいうのか、敵も味方も銃砲撃をゆるめるのだ。その、ほっとした時間に、閣下は龍の大隊が守備している南の陣地を、隠密に巡視された。くるまにのり、エンジンの音をころして陣地に近づき、下車した地点から小さな民家まで駆けこむのである。窓をとざしてローソクをともした部屋で、若い中隊長が布陣のもようを報告した。敵は道路や家屋の下に坑道をほっているということ、彼我の壕は近接し、この声も敵兵の耳にきこえるくらいだということ、火線のながさにくらべてわが軍の兵力がすくなく、横にまばらに一列に散開しているだけだということ、そんなことを小声ながらりりしい調子で報告していた。陣屋の夜気のなかに、むんむんする人間の匂いがこもっていた。

戦闘の直接の指揮をとられぬとはいえ、連絡将校のゆききははげしく、閣下の日々は多忙であった。私のしごとは、閣下をはじめ、司令部のみんなの健康をあずかること。宿舎の北東のすみにある土間、つまり、敵火をもっとも避けやすい場所で、まにあわせの医務室をひらき、傷の手あてをしたり、投薬したりした。いまミイトキーナでは、野戦病院も、菊の連隊本部の医務室も、衛生兵であろうと負傷者であろうと、手足がかなうかぎり第一線におもむいて銃をかまえているので、診察どころではないらしく、噂《うわさ》をきいたもよりの壕から重傷者が這《は》ってきて、私の治療をうけた。衛生材料はすぐに底をついてきた。

私たちの居間には、入居して最初の二、三日は一日数回、それからはしだいに頻回《ひんかい》に砲弾がとびこんできた。発射音の性質をうまく聞きわけるようになって、昼は、とっさに機敏に安全な角度へ身を伏せることができたが、夜はおちおちねむられない。こわれはじめた宿舎をすてて、いよいよ私たちは地下壕に移った。敵機の爆撃も日一日はげしくなった。よほどのどしゃぶりでないかぎり、夜あけとともに観測機が空を舞い、やがて天地をゆるがせて、敵機の編隊がおそいかかってくるのである。庭はみるみる荒廃した。それでも、垣根のみどりはまだつややかで、紅葉した頂きの一線が、くっきりと火の色にもえていた。庭の一隅には竹やぶがあり、砲火のひまをみて、スズメのむれがあそびにきた。竹やぶのうしろに丸山連隊長の宿舎があり、そのむこうには、イラワジが悠々《ゆうゆう》とながれているはずであった。

庭園にぽっかり口をひらいた穴を、三段ほど土の階段をふむと、私たちの籠城《ろうじょう》の壕である。高さも幅も一メートル半。深く八メートルすすんだところで右に折れる。そのまま六メートルいけば壕の出口である。その中途をおくへ畳二枚のひろさにほって、水上閣下の部屋にした。壕の底は汚水がたまるので、トタンや板ギレをしいて床のかわりにしているが、水かさはます一方で、ついにはままよと腰を水づけにして寝る。土の世界だから、コウモリやネズミの侵入はやむをえないが、砲撃でケガをした犬が私たちの壕へもぐりこみ、恐怖を身ぶるいで示しながら、なかなか外へ出ないのには閉口した。火縄をつるして火種とし、ローソクによる採光はなるべく避けて、用があるときには、壕の入口にななめに落ちている外光へにじりよった。

そのうち私たちの身辺からは紙も尽きて、排便の落し紙にこまるようになった。豊《ぶん》後《ご》の山おくでは竹べらで始末するそうな、薩摩の山おくには縄が一すじ張ってあって、それをまたぐとき器用に腰をひねって、落し紙のかわりにするそうな、そんなことを話しながら、乾いた木の葉をポケットに入れた。排便のときというのは、雨もやんで、砲火もしばしとだえた夜にかぎる。その時を待って、だれもかれも、闇《やみ》のなかへ走りだすのだ。

閣下の護衛の小隊はもちろん、私の部下の衛生兵も、香月軍曹ほか数名をのぞいて、ことごとく第一線に出た。負傷者も火線についている。つまり、片眼なら片眼のまま、片手なら片手のまま、雨水がたまり自分の排泄物《はいせつ》もよどんでいるタコツボを、いずれは終末のくる小宇宙と覚悟しているわけだ。腰から下がふやけてはれて、軍靴もはけぬ兵隊が多いという。飢えをみたすのは、一日一回かろうじてとどくムスビだけ。兵器弾薬の不足もひどかった。兵力の比が二十対一なら、火器の比は千対一といっても誇張ではなかった。わが軍の山砲三門のうち二門は爆撃をうけ、のこる一門で一日三発とかぎって発砲する。この発砲にたいして、たちまち数百発のおかえしがくる。敵機が強襲する。小銃にしてもおなじである。一発発射した個所には、怒濤《どとう》のように銃砲火が集中する。集中すれば当然、物理的な力でその一角はつぶれてしまう。戦友の屍《しかばね》を雨ざらしのまま、守備線をちぢめていくよりほかに方法がない。敵は黄燐《おうりん》弾を使用していたので、腐敗していく屍のあたり、夜ごとあやしく燐がもえた。

日がたつにつれて、わが軍の戦死のかずはおびただしく、龍・菊合流のはじめ三千名をかぞえた兵力が、七月初旬には千六百人に減った。戦傷者の累計は三千名をはるかにこえた。受傷者が陣地をはなれないので、ひとりの兵隊が二度も三度も重複して負傷しているのである。

私の身辺でも、日に日に将兵の負傷が多くなる。雨の日には、司令部宿舎のやぶれた屋根の下で、治療めいたことをするのだが、薬も包帯もなくなった。いまの私は、患者の傷からウジの集団を除いてやったり、シャツの裏に無数にわいたシラミをはらいおとすのが仕事であった。

このころ閣下は、いよいよのとき、堀江屋中尉を密使として脱出させることを考えておられた。中国の便衣をきて、エリに密書をぬいこんで、密偵につかっていたビルマの子供に案内させて、友軍のいるバーモ市街まで潜行させるという案である。いよいよというのは、全員戦死ではあっても、閣下自身の命令違反の考えはまだなかったと思われる。

死守命令下る

苦戦つづきのある日、軍からの暗号電報がきた。二宮中尉が壕のなかで乱数表をめくって解読した。

重傷ニシテ歩行不能ナル患者ヲ筏《いかだ》ニテ後送セヨ。

歩行不能の患者は、数百名にのぼるはずである。雨季のさなかのイラワジ大河を、重傷者たちが筏で流下することがはたして可能であろうか。私たちは、ビルマの竹とドラム鑵《かん》で、できるだけがんじょうな筏をくんでみた。ところが、この上に兵隊がすわると、その重みで腰まで水没してしまう。渇きは河水でいやすとして、食べものをもたせる方法もない。また、イラワジの両岸には、グルカ兵や敵性住民が、機銃をすえて警戒している。空には一日中敵機がとんでいる。その上、途中には、鳴門《なると》海峡さながらの激流があって、筏のことごとくをのみこんでしまうに違いない。閣下は、患者後送の途がない旨を返電された。この返電をさかいにして、軍は死守のほか方途なしと考え、閣下は閣下で、しずかに自分の処すべき手段を判断されたようである。

籠城中の、閣下の徳をものがたる挿話《そうわ》は多い。しかし、それをいくら記述してみたところで、それは単純な美徳の集積にすぎない。真の面目は、まだ温顔の内側にひそんでいた。

忘れもしない七月十日、その日は降りみ降らずみの天気であった。軍から閣下へ、ミイトキーナ全将兵の運命をきめる電報がきた。こんども二宮中尉が解読した。

水上少将ハミイトキーナヲ死守スベシ。

この命令を発信するにあたっての、軍司令部の考えについては、防衛庁戦史室の編著『イラワジ会戦』にくわしく書いてある。死守するのが水上少将であるところに、含蓄をしめしている由であるが、それはおかしな話。命令をうけた閣下にせよ、側近の私たちにせよ、守備隊全員戦死の至上命令とうけとるのは当然である。閣下の返信はつぎのとおりであった。

　軍ノ命令ヲ謹ンデ受領ス。守備隊ハ死力ヲツクシテミイトキーナヲ確保ス。

電報の往復があった翌々日、敵連合軍の総攻撃がはじまった。各所でトンネルをほり、爆薬をしかけた。空からはカーチス、ロッキード、ボーイングなどが、くりかえしくりかえしわが軍の陣地をつぶした。壕の外の風景はすさまじく荒れ果てて、裸木だけがぽつんぽつんと立ちすくんでいた。

必死の脱出作戦

死者はふえ、守備の輪はちぢんだ。私たちの壕から第一線までのへだたりが、五百メートルになった。すでに全滅した小隊もある。極秘にはしていたが、死守の運命を感じはじめた将兵たちが、一気に突撃をさせてくださいと申し出てくる。突撃してはならないのである。死がむこうからとびこむまで忍耐して、腐敗のときを待たねばならないのである。やがて、傍受によって私たちは、蔣介石が中国の全将兵に、

　孤軍奮闘シテ最後ノ一兵ニ至ルマデ任務ヲ全ウシテイルミイトキーナ守備隊ヲ手本ニセヨ。

と訓示しているのを、なかばひややかに、なかば誇りをもって聞いた。龍の師団長からは、

一粒ノ米、一発ノ弾薬モ送ルコトナクシテ貴隊ノ玉砕ヲ見ルハ誠ニ断腸ノ思ヒナリ。サレド光輝アル皇軍ノ伝統ト九州男児ノ面目ヲカケテ最後ヲ全ウサレンコトヲ切望ス。

と打電してきた。閣下の胸奥で決意が結晶していくときであった。

落城近しと見て、南方総軍司令部からか、あるいはもっと上部から、特別電報がきた。

貴官ヲ二階級特進セシム。

大将という栄光の誘いと、そのひえびえとした意味を、閣下ははっきりと見ぬかれたようである。「香典がまいりましたね」と申された。それはとげとげしい皮肉の調子をふくまず、おだやかなユーモアの感じであった。二日後にまた電報がきた。

貴官ヲ以後軍神ト称セシム。

こんどは、「弔詞《ちょうし》もきましたね」といわれた。武人の本懐などという、しらじらしい言葉はなかった。

私たちが守備しているミイトキーナ市街はイラワジの右岸地区だが、兵にゆるしているのは小銃発射一日六発だけ、その小銃弾も尽き、食べものはなく、敵軍のために南北の二地区に切断されそうになった。左岸にわたれば、多少の食糧がのこっているし、敵も重慶兵・グルカ兵の連合で、攻撃力がいくらか弱い。しかも、最初のうちはミイトキーナ死守といっていた軍の命令が、最後になって、

ミイトキーナ付近ニアリテ死守スベシ。

とかわった。数日なりとながく敵をひきつけておくために、閣下は全軍に、イラワジ左岸への撤退を命令された。八月一日の午後のことである。私たちは暗号書や軍票を焼き、完全に無名の死におもむくために、めいめいの認識票をすてた。野戦病院では、歩行のできぬ重傷者たちに、手投げ弾や昇汞水《しょうこうすい》で自決をすすめた。

敵軍を正面にすえて、隠密に撤退するのはむずかしい。戦闘司令所の撤退計画にしたがったものの、各陣地でかなりの混乱がおこった。私は閣下にぴったりくっついて、殺気だった河岸にでた。揚花火のような照明弾と、低く弧をえがく曳光弾《えいこう》が、ひろい夜空をいろどり、兵隊たちの呼び合う声が、低声ながら闇を走って、つき刺すようなするどさである。

閣下と、閣下にしたがう十名あまり、民船にのって、するすると夜の河面に漕《こ》ぎだした。死から死への渡河とはいえ、地下の六十余日の閉塞《へいそく》からぬけでた一種の自由さが、私の心に奇妙な浮揚感をあたえていた。船が浅瀬にのりあげると、ここから徒渡《かち》りして、丈余の草をわけて岸辺の小道へたどりついた。暦はもう八月二日である。案

内の兵にみちびかれ、夜あけまで歩きつづけて、灌木林のある丘で一休みした。閣下は、撤退の成功を祈っておられるように見えた。

遺された命令

八月三日。夜あけからこまやかな雨がふっていた。部落をはなれて、林間に待避の場所をさがした。私は香月軍曹をつれ、閣下からわずかにはなれて、まっすぐのびた立木にもたれていた。自然のながめまでが、いまは淡々として平静であった。それは虚脱の弱さではなく、かちとった平静のきびしさでもなかった。しみじみ雨にぬれている下枝《しずえ》の光も、春雷のようにひびきわたる砲声も、おどろくほど私たちの心に調和していた。ときどき河のほうで、手投げ弾の音がした。兵隊が死を急いでいるのだろう。閣下は数本の樹木のむこう側にすわられて、そこで何をなさっているのか、私の場所からはさだかでなかった。突然、拳銃の音がした。それが閣下の位置と気づくが早いか、私はバネのようにとんでいった。閣下の近くにいた執行大尉もかけよった。当番兵はおろおろしていた。軍装をととのえ、故国の方角である東北方をむいた座位から、ぐらりとのけぞられた体の重みを、かろうじて立木の幹がささえている。軍刀をさかさに立ててあるのは、自害の礼式にちがいない。閣下の膝の前には図嚢《ずのう》があり、

その上に起案用紙がひろげられ、すみに小石がのっていた。用紙には、

ミイトキーナ守備隊ノ残存シアルハ南方へ転進ヲ命ズ。

としたためて、書判をおしてあった。私は消えがての閣下の脈をたしかめながら、「閣下！　閣下！」とむなしく呼びかけてみるだけである。堀江屋中尉は、丸山連隊長へ閣下の自決を報告にいった。まもなく、かえってきた中尉の話によれば、連隊長からは閣下をいたむ一片の言葉も聞けなかったという。連隊長は、閣下の命令にしたがって、すぐさま残存七百名の転進を準備した。脱出路をさがして、すでに将校斥候をだしたそうである。閣下の側近である私たちは、ここでさらりと殉死《じゅんし》すべきであろうか、それとも閣下の遺志をおもんじて、脱出をこころみるべきか。私たちはあとの方法をえらんだ。だれか一名なりと生きて故国にかえって、閣下の自決の意味と、無念をのこしながら義のため死んでいった将兵のことを、語りつぐべきであると判断した。鹿毛副官の指示で、まだかすかに脈うっている手首を切断し、三角巾につつんでふところにおさめたものの、そのずしりとした重さを感じたとき、急に涙がこみあげてきた。泣きながら穴をほり、遺体をおさめて土をかぶせた。もりあがった土の上には、木の葉や雑草をかぶせて、自然な格好にとりつくろった。

辻政信参謀の怒り

河のむこうの銃砲声もまばらになり、しげみのあたりからひやりとたそがれてきた。閣下の手をふところににぎりしめて、私はその場をかけだした。チガヤの道を河に沿い、大きな夕映えを背にあびて、まっしぐらに走った。いまは、だれに訴えようもない嘆きであり、どこにぶっつけようもない怒りであった。

泣きながら茶毘《だび》に付して、遺骨と遺品を六名でわけた。六名とも脱出第一夜に、グルカ兵の兵営にまよいこみ、はげしい掃射をうけた。ばらばらに湿原をわたった五名は、流木で筏をくんで、奇《く》しくもイラワジの渦《うず》をのりきって、バーモに到着している。私は、ビルマと中国の国境にあたる分水嶺《ぶんすいれい》へ迂回《うかい》し、四十日後におなじくバーモにたどりついた。

バーモに着いた堀江屋中尉が、軍司令部へ報告にゆくと、あの高名な辻政信参謀から、いきなり猛烈な平手打ちをくったそうである。上官の死に殉ぜずに、おめおめと生きてかえった卑怯者というわけであろう。中尉は一言も弁解せず、やにわに自分の下腹に軍刀をたてようとした。辻参謀がおどろいて、詫《わ》びを入れたそうだ。その中尉も、ほどなく雲南省芒市《ぼうし》のたたかいで、病弱な一個小隊をつれて丘へのぼったまま、兵隊とともにこの世から消えてしまった。

意地わるな見方をすれば、中尉はそういう必死の場所へ、だれからかわざと差しむけられたような気もする。

ミイトキーナからバーモにいたる悲惨な脱出行で、三百名は生きのこったと思われる。だから、当時の軍の常識にしたがえば、閣下は、「たかが部下三百名のいのちのために、武人最高の栄誉をなげうたれた」ことになる。その愚をあえて、実行して、最後に強く発言されたことは何であろうか。

（「文藝春秋」一九七一年六月号）

傷痕

南方でたたかった私たちの師団を、防諜名で龍とよぶ。おびただしい戦友の骨を雲南省のけもの道にのこして、うしろ髪を引かれる思いでふるさとへ帰ってきた。気力ばかりはさかんでもまだマラリアのため顔色がわるく、これからをどう生きぬいていったらよいのか皆目見当のつかぬときであった。わがもの顔のアメリカ兵に遠慮しながら、二十名ばかりの生きのこりが久留米の橋本大尉の邸にあつまった。昭和二十一年の夏である。あぶら蟬だけはむかしの声でないていた。

橋本君の家をえらんだのは、久留米の市街が大方焼けてしまって、ほかに適当な集会の場所がなかったからでもあるが、じつはこの隣りが、龍の歩兵団のまっ先の部隊長である坂口中将の官舎だったのだ。龍の編成業務に苦労した将校が、こっそり出陣式をしたのがここであった。その夜背高のっぽの毛利中尉は、じまんの長刀をぬいで一さし剣舞をまったが、勢あまった切っ先でじぶんの膝小僧を切った。のちに中尉は雲南省の怒江にのぞむラモウ陣地で、砲身にうちまたがって自決したときいている。

戦地のながい歳月をおたがいに階級でしかよびあったことのない私たちが、こうしてはじめて軍服をぬいであつまってみると、なにからなにまでこと新しく見えるが、ドブロクをくみかわしているうち、だんだん以前の空気がよみがえってきた。そこへ橋本君の父親に案内されて、顔いっぱいにヒゲを生やした一人の男があらわれた。肩をゆさぶりゆさぶり、車座のまんなかまで歩いてきて、どっかとすわりこんだ。「私は吉野であります。雲南のトーエッツからかえってきました」。

トーエッツときいてみんなびっくりした。日本軍が十五倍の敵にかこまれて千六百名ことごとく戦死したところである。たとえば橋本君たちの野戦病院なら、その有力な半数がトーエッツ城内に病院をひらいていて、ひとりのこらず城と運命をともにした。私の歩兵団司令部の場合は、主力が北ビルマのミイトキーナ攻防戦の救援におもむいたままほとんど戦死したが、トーエッツ城外で留守をまもった半数は、これもまた別れの言葉ものこさずに死んでいった。こういう具合に、トーエッツ守備隊は全き戦死をとげたはずである。いまになって生存者があらわれるとは意外である。だがだれもそれを問いつめようとはしなかった。ヒゲにうずもれた吉野君の顔をよく見ると、幾条ものふかい傷あとがくっきりのこっていて、かれのにがにがしい体験を十二分にものがたっているのだ。そのうち、トーエツ落城の状況についての質問が、一せいにかれに集中した。もはやきく術もないと思っていた戦友たちの無念の死にざまの、せめて一駒なりと吉野君からききだしたいのである。かれは眼に涙をいっぱいためて語りだした。それをつぶさに語ることこそ、じぶんが生きのこった意味であると確信しているようであった。

(「熊本日日新聞」一九七三・一・一二)

脱出

中国雲南省のトーエツは、私も一年間の陣中生活をつづけた城郭都市である。東西南北の四つの城門をむすぶ石だたみの道も、城外の露天市も楊柳《ようりゅう》のみどりも、まだありありと回想のアルバムにのこっている。そのトーエツでくりひろげられた九十日間の死闘を、吉野君はじぶんの行動を主軸にしてつぶさに語った。昭和十九年九月十二日、まだ生きていた太田中尉以下七十名のうち、高場少尉にひきいられた十一名は、トーエッ城の東門付近の守備地点で最後の決意をせまられる。日没後に一せいに城門をとびおりて敵陣地に突入する。曳光弾のとび交うなかを駈けては伏し駈けては伏し、ほのぼのと東が白むころ谷間のしげみにたどりついたのはわずか六名だったという。ここでかれの話しは一まず立ちどまった。

私はトーエッ守備隊の打電のうつしなどを参考にしながら、いつの日かかならず吉野君の談話の一切を口うつしに文章にしたいと考えている。野ざらしの骨はいまさらどうしようもないけれど、千六百柱の最後の一念だけは、世のうつろいのおくに埋没させたくないのである。だが、この随筆は戦記ではないのだから、つぎの機会を待つことにしよう。

後日吉野君は虜囚になるまでの事情を、記憶のなかからひとつひとつの光景を反芻して語ってくれた。山すそにたどりついて、まず戦友の一名をマラリアで失い、二名が敵の銃撃にたおれ、いよいよ三名になって夜雨の山中をさまようのだが、食物もなく塩もなく、敵陣の突破不可能とみて、三名体をよせて手投弾による自決をこころみた。雨にうたれて吉野君のみ息をふきかえしたのは運命のいたずらか。城をでて二十五日目にうたた寝をしているところへ、敵兵に打ちのめされて失神する。その後は大理をへて昆明で終戦をむかえるわけだが、その傷だらけの旅を幾たびくりかえして話してくれたことか。どんな具合に語っても胸の底にやどった無常の思いに言葉がとどかぬ感じであった。

さてその日は、密造の酒にしたたか酔った。軍歌をうたわずに散会した。私は吉野君と肩をくんで町へでた。バラックがふえている久留米市街はいままさに夏の落日。ひろい道路に電車の錆びたレールだけがするするとのびていた。私は考えていた。私はミイトキーナ戦から司令官の遺骨をもって脱出し、吉野君はトーエッ城から勇気と凄惨の絵を瞼にやきつけて脱出した。いま私たちが閉じこめられたのはたぶん日常性の城である。この城には出口がないのではなかろうか。

「私のネグラにもちょっと立寄ってくれんですか」と吉野君がいった。私もその気になった。路地のおくに足をふみ入れると、骨ぐみだけになった、六畳一間の小屋があり、古畳のおもてにシブ紙をしいて「ここが私のネグラですたい」と、私を見てにやりと笑った。フトンもなければ家具もない。なるほど、ネグラとよぶのが正しいようだ。

（「熊本日日新聞」一九七三・一・一三）

祝言

炎暑のその日をきっかけにふたりの生涯の友情がはじまった。なにがふたりをそんなに強くむすびつけたのだろう。おなじ雲南省でいのちを賭けたという因縁はもちろん浅くない。しかし、龍といってもかれは輜重《しちょう》だし、私は歩兵団司令部である。その階級もかれは上等兵だし私は将校である。復員後の職業だってかれはまだ無職だし私は曲りなりにも町の開業医である。それがたちまち莫逆《ばくぎゃく》の友となったのは、一見たけだけしく見える吉野君に、なにかといえば涙ぐむやさしいところがあり、その反対に温和でとおってきた私のどこか奥の方に、義をかたくなに守ろうとする、いわば俠気のようなものがあって、その辺でぴったり心のネジが合ったにちがいない。

さて、マラリアの身をいたわって例のネグラでごろごろしていた吉野君が、「そろそろ私も立ちあがりたいので」と、わずかの金を借りにきた。洋モク一箱を仕入れる金額である。かれはこのタバコ一本ずつ売って利ザヤをかせいだのだ。これがかれの戦後へ立ちむかう最初の資本金になった。夜になると私の家をたずねてくるが、ひるのうちはなにをして胃袋をみたしているものか、くわしいことは知らなかった。しばらくは万年筆のネーム入れをしていた。

その吉野君が心ひそかに女房を求めていたところ、界隈のひとがある女性をすすめた。健康で愛嬌がよければ、という吉野君の条件にぴったりの女性だったらしい。だが彼女の方ではかれのあまりの貧しさにおじけづいてか、まだ決心がつきかねていた。一念もって岩をもとおしたい吉野君のことである。かならずもらいうけてみせると力んだ。ある夕ぐれ、かれが私の診療室へ駈けこんできた。容易なことではあわてふためかぬ男が、息せききってきたところをみると、よほどの大事に相違ない。きけばあの女性が返事にまよって、今夜H神社の巫女さんに神託をききにゆくらしいという。巫女さんの口ひとつでことの成否がきまるのである。それではとばかり、私の部屋にあった清酒にのしをつけた。巫女さんにも人間の情があろう、先まわりして特別のはからいをお願いすることだ！　吉野君はまっくらな町へ走っていった。酒のききめがあらたかだったのか、かれの弁舌に熱がこもったためか、その夜ふけ縁談はすらすらとまとまった。

ざんねんなことに、かれの祝言に私は出席していない。たぶん急患があって都合がつかなかったのだろう。けれどもその婚礼の図をありありと眼にうかべることができる。昭和二十二年五月八日の夜。古畳の上にシブ紙をしいて、ふたりがじっと向きあって酒をくみかわすだけの儀式である。客は一陣の夜風のみ、極貧をおそれずにとびこんできた花嫁と無一文を悪びれずに新生活へ出発してゆく傷だらけの花婿の、影絵のような美しさ。

（「熊本日日新聞」一九七三・一・一五）

酒友

私の家に径子がうまれると、吉野君も女の子をつくった。長男の泉がうまれると、吉野君も男の子をこしらえた。私の家内はその辺でくたぶれたが、かれの方は一気にあと二人だけ追加した。

急患はべつとして、一日の一通りの診察がおわるのは午後九時近くであるが、その時刻を見はからって柴折戸をあけるのが吉野君であった。家主の小川さんの庭の飛石づたいに、奥まった私の部屋にあがりこむ。家内は子供をあやしながら出納簿をつけているし、となりの部屋は老母がつくろい物をしているのだが、片すみにすわりこんだ吉野君と私は、女手を借りずに酒の燗をつけはじめる。深夜まで、ときには一番鶏をきくまで、盃をかわしながら話に興じたものだが、いったい話題はなんだったのだろう。かれは文学に興味がないので私の方でさけていたし、のちにかれが心ひかれた抹香くさい話もまだ出なかった。だがかれはふしぎなかしこさを持っていた。幼少から底辺のくらしに耐えてきて、そこを生きぬく手だてを会得しているために、行商のこと、左官のこと、博労のこと、庭づくりのこと、農作のこと、その他さまざまのことにおどろくほどの知識をもっている。だからかれの頭脳は、いわば分厚い庶民生活資料ノートのようなものであった。そのひろい知識が生れながらの義理がたさとするどい直感力に支えられているため、いつまで話しても話題がつきず、また話の内容にいやしさがなかった。

雨が降ろうが雪になろうが、かれは夜ふけの無二の酒友であった。からんからんと下駄をならして、まだ治安がおだやかでないまっくらな町を歩いてきて、酒の酔いとともに人情ばなしも戦争回顧も政治の批判もじゅうぶん熱気をおびたあげく、またからんからんと無人の夜道を帰ってゆくのだった。私は私で、夜あけ近くまで盃を手にしていても、ただの一度だってそのために診療をおこたったことはなかった。ふたりとも胸いっぱいに、死をくぐりぬけた若さが充満していた。

吉野君はそのころ、あのかたむいた小屋に多少手を加え、近くの空地に古ガマをすえた。獣骨からラードをとるのである。これでどうやら身過ぎができるようになっていた。そして泉の初節句といえば、当時はめずらしかった鯉のぼりを高々とたててくれ、腕白者になったといっては、青竹を切って竹馬をつくってくれた。ある夜、私の医院に隣接した製粉工場が火災になった。ばたばた人があわてふためく不気味な気配に眼をさますと、厠の窓ガラスは真赤になっていた。消防署のサイレンがなりはじめた。そこへ、いだ天ばしりで吉野君がとびこんできた。するすると屋根の上にあがって、マトイこそ持たねど江戸の火消しのように仁王立ちになった。「丸山さん、おれがいるから心配せんでよかぞ」

（「熊本日日新聞」一九七三・一・一六）

入信

吉野君との親交のことを飽きもせず書きつづけているのには、ふたつの理由がある。ひとつは、かれと夜な夜なの酒の座に、かねてはベールをかぶりやすい私の素顔があるからである。第二には、吉野君の考えや行為のなかに、戦時から今日までの世のうつりかわりの底にある大事なものを、手さぐりするようすがあると見るからである。すくなくとも、戦地では下づみだった兵隊の、そして敗戦ののちはさらに低いところから出発していった市民の、心の旅路のひとつの型を見るような気がするのだ。

私はもちろんであるが、吉野君もしだいに多忙になり、一時期あれほど足しげく来ていたのが、週に一度歓談できれば上乗という具合になった。小さな青物屋を開店したのである。いざ店をもつとなると例の根性を発揮して、あきないに工夫をこらし誠意をつくした。だから店舗は年々ひろくきれいになった。そこでこんどは、気心の合った友だちと生活協同組合をつくり、私を名前だけの理事長にすえた。この組合は仲間のひとりの不信行為もあって、数年後に負債をのこして解散した。じぶんもすっからかんになりながら、私に大きな迷惑がかからぬようにとずいぶん苦慮していた。

かれが底知れぬ無常感におちいったのはそのころである。もともと虚無の思いは戦後のかれに影法師のようについてまわるのだが、それが周期的に波うってときどきかれをのみこむほどに大きくなることがある。その周期のひとつがこの時期であった。「子供たちが大きゅうなって、これからどんなふうに教育したもんか自信がなか。どうもおれの手に負えんごたる」と、家庭教育の上だけの悩みとして私に訴えた。うかつなことに私も、単純に教育の問題とうけとって、「戦場でみがきあげたきみのその不屈の心を根にすえて…」などと常識的に応答したものだ。

かれの胸を占めている虚しさ、その深さに、私がまだじゅうぶん気づかぬうちに、おどろくほどのすみやかさで仏教の熱烈な信者になった。華厳宗の僧侶にしたがって、護摩焚きの助手もすれば水ゴリもとった。あのはげしい気性はいまは信仰に集中しているので、まったく狂信という言葉があたっていた。そしてときどき私とのあいだでも仏の愛や平等を語るのだが、絶対者へすべてをなげうったかれと、小理性によって仏陀に親近をおぼえる私とでは、どうしてもかみ合わないところがあった。かれの虚無の思いのかなしさは、狂信以外に救われようがなかった。

その信心のはげしさも、しかし歳月とともにしだいにおだやかになり、そのうちあるスーパーマーケットから、青果の店を出すように誘いをうけた。資力は乏しいものの、青果のあきないには自信ができていた。かれはふたたび猛然と立ちあがった。さいわいこの店は繫盛の一途をたどり、バナナの売りあげなどまたたく間に久留米一、二を争うようになった。

（「熊本日日新聞」一九七三・一・一七）

隠者

昭和十九年十月一日、中国雲南省の雨の山中で、同行二名と自爆をはかって、情なや吉野君だけが息をふきかえしたとき、かれの生涯は一まず幕をおろしたのである。傷ついて茅の尾根を這いまわる日から第二の生がはじまる。吉野君のことだから、それはそれなりに起伏にとみ、活気もあるけれど、かれにとっては幻を生きる思いであり、余生とよぶのがふさわしいだろう。

かれが虜囚を解かれて故国にかえりついた昭和二十一年以来、一年だって欠かしたことのないのが戦友の展墓である。十月一日、酒とサカナをひっさげて肥前の山峡の古湯に貝野兵長の未亡人オコウさんをたずね、墓に案内されて地下の霊と酒をくみかわす。それから山を下りたその足で、柳川の高場少尉の寺にまいるのである。

しかも十七年前からは、まだ貧しかったかれが私財を投じて、年に一度の慰霊祭をもよおしてきた。九月十四日というのは、雲南省トーエッの最後の将兵が壮烈な戦死をとげた日である。その日かれは東大寺派の寺院福蔵寺で、トーエッ全戦死者のための法要をいとなむ。風のたよりにきいた遺族たちが、毎年百数十名参席するのだが、かれはこの人たちの弁当まで準備している。奇特というほかはない。

だが、かれの思いが九月十四日と十月一日に執着して、そこで凝固している愚直さ、古めかしさを非難するひとは多いにちがいない。この辺については、私もまたかれに直接語ったことがある。「かたちの上の供養にどれほどの意味があろう。ほんとうの慰霊なら、戦友の最後の意志をききわけて、それを未来へ生かすことだ。きみの行為を世間が知って一種の美談になったときには、きみの最初の純粋なものはなくなってしまうのだよ」。しかし吉野君は無言である。一見急進的な言葉も、吉野君のかたくなな沈黙の前では色あせるようだ。なによりも霊性を重んじるかれは、かれとしての最善の方法をえらび、それを実行しているのだ。

そのかれが最近になってふっと商売をやめた。やめたといってもあのスーパーマーケットの青果の店をとじたのではなく、その経営を結婚したばかりの娘夫婦にゆだねてしまった。店にはただの一度も顔を出さぬのである。たぶん周期的におそうてくる虚しさの最後の大波がきたのだろう。体こそ市井のなかにあるけれど心はまったくの隠者である。ときどき奥山に分け入っては、かたちのおもしろい切り株をほりおこしてきて、自宅の土間で根気よく手入れしている。銘木芸術とでもよぶのか、抽象風な雄渾な作品ができあがってゆく。隠者になったかれと、きょうも火宅のさなかに住んで、開業医の仕事にも文学の上にも、まだ惜しみなく精をだして、のこりすくない生をおわろうとする私とが、やはりどこかでふかくふかく通うものがあると見え、折りにふれては往来して、その夜はおそくまで話がつきないのだ。

（「熊本日日新聞」一九七三・一・一八）

谷底にて

あの谷底のくらい日々をなんと呼ぼうか。一口にいえば悽惨である。しかしそのころは、あらためて悽惨などとは考えなかった。一年も一年半も前から、死がいつのまにか日常のながめとなって、心ならずも、戦友のむくろをつぎつぎと遺棄しながらこまであるいてきたのだ。つまり、無残が普通のことであり、状況はまったく悲観的ではあったが、悲観しているというのではなかった。絶望的ではあったが、絶望しているというわけではなかった。

陰湿な日々のうち、いろいろと心の起伏はあった。今しがた息をひきとった兵隊のやぶれ靴から、ガサガサと這いだしたサソリのように、怒りの針をつんと立ててみるものの、敵とみなすのはくっきりした輪郭のミリタリズムとかファシズムとかいうものでなく、ずっと奥の方にある不思議な笑い声であった。ときには、急に不安になることがあった。だがそれは、こんどこそじぶんの他界の番だという不安ではなかった。

死そのものはクサメかアクビのような生理的にあっけないものであり、それよりもっとべつの、未知のところから噴いてくる不安があるように思われた。また、とつぜんかなしくなることがあった。霧か涙かわからぬほどに、しずかに瞼がかゆくなるのであった。今にして思えば、人間の非力のかなしみとか。心のなかの高貴なものが凌辱されてゆくかなしみのようなものであったろうが、当時としては説きあかしのできぬ悲哀で、それがけっして女々しさのためでないことだけを納得していた。そうしたとき、ぬれた眼で見上げる喬木の梢から梢へ、野猿の群が風のようにわたっていった。

昭和二十年の夏、戦場にきて四たび目の雨季のおわりを、私はビルマとタイの国境の原始林の谷間にいた。もっとはっきりいえば、国境線西方四十二マイル地点である。住むひとがいないので土地の名はなかった。私は、二名の衛生下士官と二十名足らずの衛生兵をつれて、患者集合所をひらいていた。兵隊たちは自嘲的にシニマイル（四十二マイル、すなわち死に参る）集合所と呼んだ。サルウイン河をわたり、ビルマからタイにいたる阿片の密輸路をたよりに、たたかいにやぶれてながれゆく数万の兵士は、程度の差こそあれことごとくが飢えて病んで傷ついていた。だからおびただしい数が、ずぶぬれになって随所に野たれ死んでゆくのだが、とりわけこの集合所付近は、地形上絶好の死者のたまり場になった。数メートル毎に野ざらしの仏が、シャツもズボンもはぎとられて、ぽかんとあどけない口をひらいたり、顔の見わけがつかぬまでウジに食べられたりしていた。

風倒木がよこたわっていたり、山津浪によって消えていたりして、道というほどの道ではなかったが、集合所まではビルマのノア（牛車）がかろうじて重傷者をはこぶことができた。だが、ここから北部タイの小部落まではつづらおりの山路だ。敗走の日本軍としては、患者輸送の二十数頭の象をもっているだけである。人もあやぶむ山頂の細道を、列をなした象は駄目をおしながら一歩一歩慎重にふみしめてゆく。患者は象の背のカゴにゆられっぱなしで、十日あまりの旅に耐えねばならぬ。重傷重病でありながら、それだけの体力と気力をもつものをえらびだすのは容易でなかった。患者たちの何百分の一が、象輸送の幸運にありついたのだが、そのなかの若干名は、目的の部落につく前につめたくなった。

集合所の薬品やホータイは皆無にひとしかった。食べものも底をついて、日々増加しつづける患者のことを考えると、身ぶるいがした。実情を説きながら、しかりとばしながら、かなしや私は、兵隊がどんなに深く傷ついていても病んでいても、そこに百メートルのみちのりを歩けるかぎりは、集合所からタイの方向へ追いたてねばならぬ。私の無理を、なかばすなおに、なかば無表情に聞いて、しずかに出発してゆくときの患者たちのおもかげが、私の胸にはつよく焼きついているのだ。

原始林の暗緑の底を、ひくく一すじの川がながれている。左岸にはけわしい崖がせまり、右岸に猫のひたいほどの平地がある。そこを密輸路が走り、私の名ばかりの患者集合所が場所を占めている。ところどころにチークの葉で屋根をふいた丸太小屋をたてているが、三百名におよぶ患者のほとんどが小屋をはみだして、河岸の手ごろの位置にめいめいしばし安息の場をみつけている。すでに盲目になったもの、片手だけのもの、血便つづきのもの、笑い茸をたべて仮面のように笑っているもの、マラリアの高熱であらぬことを口走っているもの、また、やせるだけやせて、今しがた息絶えたもの、水をのもうとして川におちて溺れたもの。

八月十五日、雨季はいよいよ終ろうとしていた。ひとりの患者の末期が近づいていた。帽子もなければ靴もない。上半身ははだかで、塩も米ぶくろもすでにだれかに盗まれていた。死の匂いをいちはやくかぎつけたアリの大群が、まずかれの頭髪に、そして瞼に耳の穴にみるみる密集してきて、まもなく地肌が見えぬまでおおいつくした。かれは死んだ。私はそのしかばねを起点にして、アリの列をさかさにたどっていった。なにを探そうというのでもなかった。ただ異国のアリ群の、すさまじい生命力におどろいて、その経路を、竹の根方、岩のすそ、患者たちの排便の穴のへり、羊歯の葉かげ……と、順々にたぐってみるのだった。目まいがするようなアリの列。その残忍。そのむなしさ。それにつけても、私たちの気のとおくなるような戦旅。その無意味。その堕落。

谷底の日々がつづけば、いつのまにか思想の崖をよじのぼることをやめる。じぶんの体力をそこなわぬ範囲で思惟にストップをかけ、さらりとながしてしまう習慣がひとりでにできあがるのだ。それは逆境のときの必死の衛生というものであろう。そしてそれこそ、戦場における忍辱のかたちであろう。たたかいがすんだというニュースをつげたのは敵軍のラジオであった。べつに感動というほどのものはなかったが、どこか広い場所へ出るのだ、と思った。そこはたぶんみごとな青天井にちがいない。「ドイツでは、将校はみな死刑になったそうな、日本もたぶん」、そんな噂がつたわってきた。「だが、軍医どのなら無罪かも」、という兵隊がいた。なぐさめのつもりだろう。そんなことはどうでもよかった。とにかく、ひとつの呪縛からは解放されたのだ、どうやら。

（一九七二・七）

されこうべよ語れ

つい先日、宗像《むなかた》の片山寿七郎というひとからつぎのような暑中見舞をいただいた。「暑中お見舞申しあげます。暑い夏を迎えると必ず憶い浮んでくるのは泰緬国境の患者中継所で軍刀を身につけ白い手袋をかけて終戦の詔勅を代読伝達された丸山中尉のあの姿、それは軍医としての丸山中尉でなく軍人丸山中尉の面影でした。云々」と、きちょうめんな文字で私のことをしたためたハガキである。ところどころ鮮明なくせに、その輪郭はすっかりぼやけて、風化の途をたどっているじぶんの記憶に、こうしたおなじ記憶の持主がおられるということは、うれしくなつかしく又はずかしく、そして思わず粛然とするのである。あのとき私は気負いすぎていただろうか。それとも醒めすぎていただろうか。

ビルマ全軍敗走とはいえ、龍とよぶ私たちの師団はまだ軍隊としての秩序をうしなわず、私は命ぜられて十数名の部下とともにビルマとタイの国境で患者中継所をひらいていた。土地に名前などなかった。だから私たちは軍隊式にここを国境西方四二マイル地点ととなえた。しかし兵士たちは語呂合わせをしていみじくも「死に参る」地点といった。よんどころなく死者のたまり場になったからである。

いったい、ビルマからタイへつづくこの道は、きみょうな道路であった。雨季になれば道というよりも川といった方が早い。むしろ本来川であるものを借用した河床道であった。そしてそれは、アヘンの密輸者が風のようにこっそり駈けぬけてゆく道であった。そこへビルマ全土から落武者のかたちで、おびただしい数の兵隊がながれ込むのである。ボロボロの布片を身につけ、靴は大きく口をあけてほとんど素足にちかい兵士が、病んで傷ついて飢えて、うつろな眼をして東へ向いてあるいてゆく。だからこの細道は、野ざらしの死者の世界であった。

私たちにはホウタイや薬品の手持ちがなかった。わずかの米と岩塩をくばって、「死に参る」地点のチーク林の崖に呻吟している患者たちに、その日を生きつないでもらうのがせい一ぱいの仕事であった。患者たちはマラリアで死に、赤痢の粘血便にまみれて死に、山蟻に食われて死に、しばしばの鉄砲水にながされて死んだ。ここから国境を越えおわるまでは山がいよいよ峻険で、もはや牛車も通わない。ただありがたいことに、杣道に馴れた象隊が患者をはこんでくれるというので、象の背カゴにのせて重傷者をはこぶのだが、その幸運にめぐまれるのは千名にひとりの割合か。一にぎりの籾と塩をもって、中継所をあるきだした兵士たちは、風倒木に足をとられるまでもなく、あわれ一切の無関知の底で、息絶えていった。乾季。そして雨季。

死をいそぐ落人のながれの上に、原爆のうわさがつたわってきた。とてつもなく大きな爆弾が広島におちたげな。長崎にもおちたげな。たくさんのひとが死んだげな。風のたよりは風にすぎず、どうにでもよい遠い世界のできごとである。しかし、敗戦のしらせだけは、軍の命令系統をたどって、私たちの中継所にとどいた。はじめおぼろ気に、やがてしみじみと実感がわいてきた。それは八月の十五日だったような気もするし、一日おくれの十六日だったようでもある。若干の指図もとどいた。つまり、小銃の菊の紋章をけずること。認識票を土に埋めること、諸記録を焼却すること。

私は「死に参る」地点の小広場に衛生兵や患者をあつめて、天皇のお言葉を代読したあと、なにやらじぶんの感想をつけ加えたようである。涙はながれなかった。片山さんのハガキには白い手袋とあるが、それはかれの記憶ちがいのはずである。そんな小奇麗なものはとうの昔に失っていた。

なにも八月十五日の回想にかぎらず、私の戦争体験は、歳月のつみ重ねとともに、いくつかの時点でぽつんぽつんと凍結して、その凍結したものを郷愁に似た甘い感傷が身勝手につなぎ合わせ、恰好よく肉づけしていくようである。それらの記憶から修飾物をそぎおとして、真の裸身の体験をつかみだすことのむずかしさ！

（一九七四・八）

栄光と恥　久留米師団史によせて

夜半、ふと目ざめてしっとり瞼がぬれていたならば、それは戦場の夢をみて戦友たちのおもかげを追うたときである。戦場体験というものは、何十年経過しようとついぞ薄れることがなく、事にふれ物に即して切ないかたちで浮かび上がってくる。

菊部隊や龍部隊のビルマにおける遺骨収集は、昨年になってはじめて緒についた。野ざらしの骨を母国へもちかえることはもちろん何よりの供養であるが、ビルマや中国の山野にうもれたそれぞれの死の状況を、せめて記録の上に呼びもどしたいものである。

激戦地ミイトキーナを守備した水淵大隊中村中隊長のご遺族が、その戦死の輪郭をつたえ聞かれたのは、おどろくなかれ一昨年のことである。戦友なる毛利大尉の雲南ラモウにおける最期は、凄絶をうわさされるだけで、記録らしい記録をほとんどとどめていない。

こんなふうに玉砕または玉砕にちかいおなじ陣地であっても、やや脚光をあびた死とまったく陰にかくれた死とがある。名ある将校ですらこの通り、まして無名な兵士たちが、久留米師団の歴史を通じて、どこでどういう結末をたどったか、いまは語る人も少なく尋ねるみちもおぼつかない。

戦争がおわり、日本の軍隊がなくなってから、いつのまにか三十年がすぎた。毎年八月になると、恒例のごとく戦争の傷が掘りかえされる。新聞で、雑誌で、テレビで。今夏はそれがことにさかんであった。

だが、なぜか私たちには戦争の真実が語られたような気がしない。語れば語るほどかえって遠ざかるもの、戦争とはそんなものかもしれない。戦争にかぎらず過酷な歴史とはそんなものかもしれない。しかし、一方で切々と記録をもとめ、他方で戦記のむなしさをいう矛盾した感想は、戦闘体験をもつ私たちのわがままのようである。

ところで、連載された久留米師団史が、ありふれた戦記の様式でなかったのは賢明であった。是非はともあれ大きな存在であった久留米師団の全容を、かずかずの挿話をひろって興味ぶかく描きだしながらその功罪への省察を読者にせまっていた。

自由主義の教育をうけてきた少年期の私にとって、久留米師団の名はむしろまがまがしいものであった。にもかかわらず、私の前半生は否応なしに師団のなかへのめり込んでいった。

ふるさと久留米のひろい往還は、そもそもが軍用道路であった。私のまわりの商家には軍の御用商人が多く、毎年のいちばんにぎやかな祭典といえば、軍隊を中心にした招魂祭であった。元日になると、酒気をおびた将校たちが、きらびやかな礼服をきて、馬上ゆう然と往来したものである。

青年期になると、久留米の歩兵連隊で教育をうけ、やがて陸軍病院の軍医となり、大戦には龍兵団の一員としていち早く内地をはなれ、比国・ボルネオ・インドネシア・ビルマ・中国と転戦した。ついには菊部隊とおなじ戦野でたたかうことになり、いうなれば私は軍隊に溶けこんでしまったわけで、その私に師団への冷徹な視角は期待できない。

今日におよんでもなお私の中心には、生死をともにと誓い合った戦友たちを失った臨戦者の感情があふれていて、そこから師団・軍隊・戦争をみつめようとするのである。型にはまった反戦表現はまるきり身につかず、鎮魂の思いと戦争批判とのあいだの不思議な息苦しさのまま年老いてゆく、いわば宙づりの状態にさらされているのである。

それにしても、私には私なりの憂いがある。

「おれたちは
戦闘には負けなかったが
戦争に負けた」

ビルマを敗走する全ビルマ軍のなかで、菊と龍だけは、深手を負いながらもまだ軍隊としての秩序をたもっている誇高き部隊であった。したがって、チークの原始林で日本の完敗を聞いたとき、切歯しながらつぶやいた言葉である。

言葉は簡単だが、ここにたたみこまれた感情はきわめて複雑である。二行目の栄光と三行目の屈辱と、その力関係は微妙であり、わずかな揺れによって好戦の心にも反戦の意識にもつながる。最近の戦友会において、この言葉が不吉に変型するのを聞いた。

「おれたちは
戦争に負けたというものの
戦闘には連勝したものだ」

鎮魂の祭りも、ともすれば戦争肯定の儀式に逆立ちすることがある。心したいものである。

（一九七五・一〇）

夜はまだ長い

六十二歳の極月である。ここまで追いつめられると、心はかえっておだやかになるものだ。いま、ワインぬきの夕食をすまして、テレビの画像をみている。テレビは砲声のする数奇からはじまって、果てしらぬ荒野にひとりのはぐれ兵士を途方にくれさせている。木々の梢はみどりの艶をふりおとしてしまって、骨のするどさで天を支えている。風景に多少の起伏があるために、兵士のすがたは波間の舟のように、腰から下が見えかくれするのだ。おなじ動作がかぎりなくつづく。その単純さが私の平静をすこしずつ乱しはじめる。乱されながら、しかし私の眼は、テレビの画像のおもてを執拗にとびまわる一匹の蝿の方へ移ってゆく。心は兵士のいのちの上にあって、視覚の焦点はいらいらした蝿の動きからはなれることができない。画面の内側にいる兵士と、画面のうわべにいる蝿とは、まったくの無関係だが、感性的にはなぜか奇妙な関わりをもっていて、じんましんめいた不安に狩りたてるのである。兵士の像は、それは仮構の物語だから、CMによってたちまち消える。蝿はスイッチを切ってもいつまでもとびまわる。三十年余を経て、まだ戦争が通過しないかたくなな私の胸にきて。

異国の戦場に青春の大部分をのこしてきた私が、あの戦争の季節からひとつの抽象画をまとめようとしても、それはほとんど無駄な辛労であることを知っている。あそこであのときまざまざと見たこと、たしかに触れたこと、あきらかに聞いたこと、そしてそのとき胸打たれたこと、そういう部分部分だけが私にとっての真実であり、その他はあとから積みかさねた見てくれの思想のような気がするのである。私にとっては、かしこい総括よりもあの出発点へなんども立ちもどってみることの方が、よほど重要なのだ。そして、あそこであのとき失ったものは何々、拾得したものは何々と、じぶんの脛の毛を勘定するように、こまかに数えあげてみることだ。常識として考えられる戦場体験の果実についてなら、たくさんのひとが口をひらいた。私はじぶんの方法で、戦場に消失したものが表現する虚の世界を問いつづけたい。それが戦後三十有余年の私の生き方であった。

私たちが世間知の年輪をかさねると、円熟とよばれ老成とたたえられる。戦争は私を暴力的に一気に中年へ送りこんだ。それはおだやかな成熟ではなくて、力ずくによる老成のみちであった。その成熟の責任によって老醜とよぶ風景が湧いてきた。むかし、ひとつのいのちを奪ったり奪われたりする出来ごとは、生涯心に刻む大きな事件であった。いまは一、二行の社会記事にすぎない。ひとのいのちは微塵のようにみじめである。月夜のドブ板の上で血を吐くひとがいても、旅行者的な私の心は凍結したままである。戦争は私に、粗野な血への慣れを強いて、血のいろをまがまがしいものとみる感性を衰弱させた。

戦場で私はなにを失ったか。一言でいえば、やさしさを中心とするういういしい少年的感性と感情である。それは感傷と背中合わせで、一歩あやまれば安価な世界へ墜ちてゆくが、毅然としたものによって支えれば、聖なる場所へ接近することのできる心である。あこがれ・無垢なこころざし・うぶな好奇心・やさしい愛・わびる心・含羞など、普通にはおさないといって、ときには女々しいといって、愚弄されやすいやわからな感性や感情、それらをながいながい戦旅の途次に、つぎつぎ遺失してしまったのだ。私は、かしこい成熟よりも、甘苦をかみわけた老成よりも、腹芸というじつは陰湿な表現法よりも、戦場の虚の風景にたたみこまれてしまった、あのおさない心の芽を貴いものと思っている。人間がいつまでもみずみずしさをもちつづけ、愛をそのままのかたちでするどく感じ、聖なるものを身近なところに実感したりすることができる、そうした心を失うのが成熟なら、私はじつのところ成熟などほしくはなかった。しかし私は、失ったままだ。あのボルネオの海に、中国の怒江のほとりに。

　くりかえしていおう。私にとっては戦争から得た心の徳などありはしない。あるのは血への慣れだけだ。失ったものはいっぱいある。その中心に、心のやさしさとあたたかさがある。いまテレビの画面の兵士は、あてもなく荒野をさまよっていたが、私の記憶のなかでは、かねて粗暴なふるまいによって勇気と思わせていた某下士官の、死ぬべきときの突然の卑怯さと、かねて温厚な一兵士が、きのうきのうの日課をはたしたように、きょう黙々として死地へつくしずかな顔とが対照的にうかびあがる。あの粗暴さはたくみな装飾音をつけて、老醜のときを図太く生きてゆくだろう。あの勇気は日常性などというみじめな冠詞をかぶせられて、寡黙な生活をおくるだろう。冬の蠅は心のなかをいらいらととびまわる。あの少年的な毅然としたやさしさの回生と、おそらく自然にそなわってくる枯淡な沈潜との結びつきのなかに、私ののぞむ艶ある晩年があるのだが、はたして、その力が私にまだのこっているだろうか。

（一九七七・一二）

南の細道

中国雲南省の山野に戦友たちのおびただしいむくろをのこして、ふたたび北ビルマへ、つまり戦ってはしりぞきまた戦ってはしりぞき、はては南への敗戦の行程をたどった当時から、いつのまにか四十年の歳月がながれてしまいました。私の記憶もうすれてきましたが、人々の戦争への思いもはるかになってきたようです。したがって戦場をふりかえって文章をつづる意義が軽くなったといえるかもしれません。いまになって私は敗戦の光景を回想しています。じつは幾たび敗走のときのスケッチ文を書こうとしたことか。しかしいざペンをとりあげてみると、記憶の衰えにおどろく他はなかったのです。あの南への道をたどったそのころの心のたかぶりにくらべて、稀薄な上に変容した感想が、残像のように胸うちでゆれています。だからかえって抽象されて尖っている思いもありましょう。記憶のうすれがふりすてたものを私は拾いますまい。忠実な事実よりももっと大切なものがあるはずです。いや、ただそれだけの気負いもたないようにしましょう。しばらくは思いだすことをそのままに。

戦さに負けるということは、私たちがまったく予測せぬできごとでした。敗れてしりぞいてゆくときの教科書は、ぼろぼろの軍服につつんだめいめいの良識と智恵からしぼりだすのです。概していえば、それが現役の軍人には苦手で、召集兵には比較的に容易でした。敗北のいろがふかまるにつけ、召集兵が世間智の真価を発揮するのでした。私の所属した龍とよぶ師団は、敗退とはいっても個々の戦闘においては敗れを意識せず、きちんと軍の秩序をたもっていましたが、それでも階級のタガはいくらか弛やかになって、兵隊のひとりひとりの人間としての本領が濃くなるのでした。師団によっては軍隊としての秩序がもっとみだれはじめたようです。

私じしんは肩の力をぬきました。死ぬべきミートキーナの地下壕からM司令官の御遺骨とともに思いがけず脱けだすことができ、しばらくは運命の流速に身をまかせて、火線のうしろへしりぞいてゆきました。芒市落城の前々日、患者輸送のすしづめのトラックが微熱の私をはこびだしました。病兵よりも負傷者の方が多く、大腿骨を骨折している兵隊などは、車の大ゆれのたびに悲鳴をあげましたが、混乱のなかの非常輸送のため、じつは軍医の私にもかれの苦痛をやわらげることができません。路傍のどこかには敵の砲座がひそんでいるはずです。

国境の町ワンチンを通過。クッカイを通過。これが夜あけなら雲海の美しさで名のあるところ。いまは気味のわるい闇です。センウィという部落でトラックがとまります。自力で下車した私はとにかく、傷兵たちは牛馬のように手あらく車から降されます。車はまた前線へひきかえさねばならないからです。どこに第四野戦病院の本部があるのかをみきわめるひまもなく、東が白むまでに退避せよとの命令です。私は夜道を二、三キロ案内されて、小川のほとりの病舎につきました。火縄がちろちろ燃えています。屋根は木の葉です。これでも呼び名は将校病舎であり、内科の患者は私だけ、あとはきたない眼帯や三角巾で傷をかくしている年若い将校たちです。病院とはいえ、一回の診察もなく一粒の薬品ももらえません。病院はそれどころではないのです。かぎりなく前線から送られてくる患者を、さらに後方へ下げることでせい一ぱいなのです。薬品やホータイの保有もおぼつかないことでしょう。ここも連日のように敵機が姿をみせるので、多少元気のある傷病兵たちが、夜があけぬうちに一日分の食事をはこんでくれます。同室の将校たちの名も食事の世話をしてくれた兵士の顔もまるきり覚えていませんが、まだまだ戦意をうしなわず、空襲のおそれのない夜は、民謡をうたったり紙でつくった将棋をあそんだりしていたものです。

数日して正月をむかえました。かたちばかりのお祝というのでしょう、小蜜柑とビルマ煙草の配給をうけました。日本流にいえば松の内がまだおわらぬうち、国境ワンチンの戦闘がけわしくなったのでしょうか、同室の将校が全員、隻眼は隻眼のまま、隻手は隻手のまま、急遽火線によびもどされました。あとで聞けばあの若い将校たちのほとんどがワンチンで戦死したそうです。せめてみんなの名前と出身地なりと、ノートの端にしたためておけばよかったと思いました。

私はまた傷病兵たちとラシオまで後送され、目くらむ高さのゴクテークの鉄橋を徐行して、星月夜のシャン高原をメイミョウの兵站病院につきました。いままでの木の葉でふいた病舎よりも、いくらかましな病室があてがわれました。木のベッドで熟睡したのはその夜の数時間だけで、空がまだ白まぬうちに起されました。騒然とした空気がながれています。病院の周辺へなるべく遠く自由退避をするように指示されました。敵機のメイミョウ大爆撃が予想されたためです。ここが兵站病院であることを敵は百も承知しているはずで、わずかな距離を退避すればまず安心であろうと見くびったのがあやまりでした。病院うらの草原のあちこちに古びた個人壕があり、また排水溝のようなものがあって、その一箇所をえらんで身をかがめていると、あの穴にもこの凹みにも多数の浮浪者風な傷病兵がかくれにきます。浮浪者風というのは身なりのことだけをいっているのではありません。インパール方面からながい月日をかさねてたどりついた兵士たちの、戦意どころか一切の気力をうしなって、ただなんとなく生きようとする挙措が、ざんねんながらまったくの浮浪者にみえるのです。私は身をしずめながら、この病院でいましばらく静養して悪寒もとれたところで、そのとき前線がビルマのどのあたりまで南下しているかしらないが、龍の第一野戦病院の勤務に復帰しようと考えていました。私の部隊、すなわち龍の歩兵団司令部は、その第二半部が中国雲南省のトーエツで全員戦死、第一半部も北ビルマのミートキーナで部隊長とともにほとんど戦死、だから私の部隊は消滅してしまって、第一野戦病院へ籍をうつすように命令されていたのです。その第一野戦病院も半数はトーエツで点鬼簿の人となり、のこりの半数はリュウリョウという田舎町で死闘をかさね、兵士はもちろん軍医のかずも不足していたのです。

さて予想のとおりサイレンがなりひびきました。私は昭和十六年の開戦以来、転戦につぐ転戦で、思えば毎日のように空からの爆撃や掃射をうけてきました。したがって空襲にはずぶとくなっていたのです。轟音とともに敵機の大編隊が近づいてきます。

ロッキードと爆撃機の第一波。ミートキーナでいくたびとなく体験したカーペット爆撃。あの編隊の幅にふくまれたらまず助かる術はありません。とっさに判断した私は、草原をななめに疾走しました。敵機に身をさらすのは無謀ですが、いま駈けだしたのは私だけではないのです。みすみす脆《もろ》い壕のなかで死を待つのは無意味です。走ってゆく私の前を機銃掃射のミシンが大地と人間を縫いこみます。私はまた走りだしました。そして丘辺の灌木林へ駈けこみました。林も焼夷弾で燃えあがり、私たちは谷間をぬけて風上の方へ逃げました。敗戦の日本をあざけるように爆撃の第三波が空いっぱいをくらくします。

たそがれて、先刻までの轟音がまるで夢のように静かになりました。丘を下りて、病院までのかえり道、最初に私がひそんでいた壕のあたりをみわたすと、地面は無惨なあばたづらです。壕のあとかたもなくて、今日もまた運命にみはなされなかったのかと胸をなで下しました。思えばこれまでにこうした危険に何度遭遇したことでしょう。そのたびに死地を切りぬけてこれたのは、折り折りの判断のせいだったでしょうか、運命の浮気ごころというものでしょうか、それともあのひややかな確率のためでしょうか。

この灌木の林で、ぜひ書きとめておきたい一つの光景をみました。それは私が私の窪地に逃げこんだとき、重傷または重病の患者をはこんできた陸軍看護婦の一群に会いました。沈黙した患者を担架にのせたものもいますが、負《お》んぶしたものもいます。焼夷弾のけむりをさけて、林のおくへおくへとはこんでゆきました。そのけなげさに感心するとともに、ふと頭をかすめるのはシラミのことでした。シラミは戦場のなじみの虫です。ふりはらってもふりはらってもシラミと別離することはできません。あの重傷重病の兵士ときたら、シラミのなかで息づいているようなものでしょう。だからそれを背負ってゆく看護婦たちも当然シラミだらけのはずです。夜毎の彼女たちがどんなにしてこの昆虫の跳梁を始末したか知りませんが、何かといえば素裸になれる男性の私たちとちがってさぞ難儀なことだったでしょう。ところで彼女たちの献身的なはたらきは敗戦ののちに、祖国から果して満足な処遇をうけたでしょうか。

かたいベットで目がさめてみると、今日も病院内がざわめいていました。そしてすぐにその理由がわかったのです。この病院に隣したメークテーラーの兵站病院が不意に出現した敵戦車群に蹂躙されたためです。そのまま戦車がシャン地方へむかえば数時間でこの病院をおそうことができるのです。ほとんど戦闘力のない衛生機関はたちまち席巻されるでしょう。だから多少とも歩行のできる患者なら、さっそく徒歩で南下するようにとの病院側の指示です。まああわてることもあるまいと一応はベットにもどった私も、戦闘の経験をもたぬ病院の防衛力には危惧をもちます。とにかくこの日も一日じゅうをきのうの焦げくさい丘陵に退避しました。夕ぐれの原っぱを帰院する途中で、二、三名の兵隊たちともちまえの大声で話しているS主計に会いました。私たちの部隊が南の海でたてつづけに四回の敵前上陸に成功したころの戦友です。いまは龍の師団司令部の将校で、このメイミョウまで糧秣などの受領にきたのでしょう。今晩司令部へもどるといいます。私の新しい部隊である野戦病院の現在の位置もきくことができました。「こんなところでうろうろしていたら危ないかぞ、おれの車で前線へもどらんか」とすすめます。戦況がどうかわろうと、じぶんの病状がすっきりしなくても、いくさがうまい龍の戦友たちと一しょにくらした方がどんなにたのもしいことか。トラックは私をのせてふたたび北へ疾走しました。第一線が近くなります。

敵に制空された日本軍は深夜の軍隊です。すべてのことを闇のうちに処理します。軍の移動も襲撃も炊事も排泄もぬばたまの闇のなかです。S主計の車は夜のうちにモンクンにつき、私を下しました。ここに私たちの野戦病院が露営していました。雲南省のいくさでの生きのこりです。病院長も戦死して、T大尉が新病院長の任務についていました。そして私の予想のとおり、部隊ぜんたいにはまだいきいきとしたものが流れていました。きちんと部隊の秩序をたもち、きびきびと行動していました。じつは私が着任した前の日にもロッキードの空襲をうけて、AおよびFの両軍医とS下士官は戦死し、S見習士官は手首を負傷してその手を三角巾でつるしていました。そうした損害にかかわらずすこしも意気消沈したところがないのです。そう思えるのは戦友たちにたいする私のみびいきかもしれません。みんなの内部に立入ってみれば、つもりつもった疲労としずかにしのびよる虚無感があるのかもしれませんが、それを表面にだしていないのです。うれしいことでした。私にも新病院長から軍医としての任務が課せられるでしょう。これは私の快癒です。軍人・兵隊の勇気というものを、一口にときあかすことはむずかしいけれど、任務をもつことこそ勇気をとりもどす早道だといえます。

その日のうちに、私には新しい任務があたえられました。龍部隊がかかえている千数百名の傷病兵からどうやら歩行ができるものをえらんでこれを二組に分け、私とN軍医とがそれぞれの組を指揮して、はるかにビルマとタイ国との国境に近いケマピューまで後送せよとの命令です。若干名の衛生下士官および衛生兵と生米と地図があたえられました。敵軍が追尾する前に傷病兵を大事な兵力として、タイ国へ送りこまねばなりません。敗退する全ビルマ軍は、タイ国でもう一度大会戦をこころみるというのだそうです。

モンクン部落に着いて、久しぶりに軍医としての任務をあたえられて、はじめて病臥以来の気力のおとろえをふりかえることができます。思えば司令官の遺骨を軍医部長にわたすまでが私の精神力の限度だったのでしょう。高熱をだしてバナナの葉で屋根をふいた病舎に収容されてからは、心しずまるいとまもなく、ビルマへ後送されました。ふかい疲労と虚しさと眼にみえぬものへのいきどおりとで、指示のままにメイミョウまで退きました。夕ごとの発熱をよいことに、つまりは胸のなかに懈怠《けたい》がきざしていたのです。いまふたたび敗北の重荷を一人の軍人として軍の組織のなかで処理することと、敗走だからこそ一人の人間として人間性をりっぱに起立させることとのあいだに、意志のかけはしをかけねばなりません。それを私は勇気とよびます。

しかしこのあたりからだいぶ記憶がうすれています。北ビルマから南ビルマにいたる街道を、患者たちの大群をつれて歩きはじめましたのは覚えています。三年前には勝ちほこった私たちが、おびただしい車輛をつらねて一気に北上した道路です。夜の軍隊もいまではむきだしの太陽の下の行軍となりました。空襲のおそれが稀薄になったというのでしょう。みてくれは気楽そうな行軍です。しかし非人のような戦闘帽、シラミで血だらけになったボロボロの上衣、半張革がやぶれている軍靴。ほとんどが銃をもたず、自決のための手投弾もゴボー剣も、すでに失っている患者が多いのです。かれらはじつはそれぞれの心の傷手をかくしています。体験した傷の深さはひとりひとり異っているでしょう。だから内におさえた不安、絶望、自棄などの思いも、各人各様のはずでした。

体験はしょせん体験にすぎません。私をそれなりの虚しさにひきずりおとすものはあっても、そこから新しい私をきずくだけの力はもちませんでした。つまり疲労と、疲労につきまとう感情とが、いまの私をつくりあげているのでした。新しい任務を得たからには、軍隊の秩序を一応乱すまいとするきわめて日常的な意志だけが私を前へつきだして、それが勇気の一種とみなされるのでしょう。死地脱出の体験を通じて、たしかに私は何かしら大切なものをにぎりしめました。その大切なもののかたちがわからぬまま、片方ではいまにもみ失いそうなものの輪廓をとらえかねているのです。

私たちの患者護送の列は一日二十数キロの速度でケマピューへいそぐのです。部隊をみすてたというのか、部隊からみすてられたというのか、のろのろと歩いてゆく泥まみれの兵隊たちを何人も何人も追い越します。そういう流浪兵の一部はいつのまにか私たちの後尾について患者の列に加わります。たぶん糧秣補給の術をもたぬのでしょう。砲声はずいぶん遠くになりました。友軍が退却しながらもどの地点かで敵の南下をくいとどめているにちがいありません。敵機影を仰ぐことも少くなりました。ときどき思いだしたように飛んできて、降伏勧告のビラをまくだけです。そうした状況と、路傍の丘に見る白いパゴダの他は、記憶がおぼろにかすんでいます。

このかすんだ思い出のおくからうかんでくる〇軍医のことを書いておきたいと思います。かれがどの時点から私の隊列に加わるようになったかはもうさだかでありませんが、たぶん私と同様に最初はどこかの部隊に配属されていて、その部隊が敗北によって消滅したところで私の第一野戦病院に転属されたのでしょう。そうだとするとモンクンを出発するときにはすでに、私への助力を命令され、患者の列に加わっていたのだと思われます。かれの仕事ぶりはなげやりで、毎日隊列の最後尾を、それ以上遅れたら落伍というべきのんびりした速度でついてきます。よれよれの防暑帽をすこし横かぶりして、どこかで拾ってきたステッキがわりの木の枝を肩にかつぎ、なにごとにも怠け者で、軍紀のワクのぎりぎりのところを楽しんでいるようです。夜の野宿の折りには大いに話がはずんで、その話術をきいているとかれという人間の根の善良さがわかります。

とにかく軍医としては危っかしいかぎりですが、いきいきとしたユーモアと諷刺をもっていて、憎むところがないのです。行軍の日をかさねているうち知ったことですが、大阪大学の出身で、医学部で学んでいるときに、演劇部や落語研究会に参加していたそうです。数学や物理学にも精通しています。上手下手はとにかくとして作曲もできるようです。衛生兵たちはいつのまにかかれに、オバケというニックネームをつけていました。だれかれとなく愛称をつけるのは戦地のならわしで、戦友の死に果てた将校などみなその個性をつかんだ名前をつけられていました。O軍医をオバケというのは、才能があふれすぎて人間ばなれしているというわけでしょう。しかし私からみれば、人間味たっぷりの軍医で、よくもこういう軍隊になじまぬ将校が処罰もうけずに戦争の傲岸な秩序を生きぬいてきたものです。

ついでにK軍医のことを書いておきましょう。野戦病院の本部でT病院長を補佐しているかれを、兵隊たちは神様と呼びます。上品すぎるニックネームですが、記銘力抜群の軍医にたいするきわめて適切な呼び名です。かれは東京帝国大学出身の内科医ですが、医学書にかぎらず一度目をとおした本の内容は金輪際わすれないという男です。つまり「もの忘れしないのが私の頭のわるいところで」と頭をかくのです。そして徹底した律義、しかも円満な性向、ものに動ずるということ、立腹するということが一度もありません。仕事の上では最高の軍医ですが、仕事をはなれては完全な善人です。私は雲南省で勝ちいくさのころからかれと交わりがあり、かれのすばらしい徳性を知っていました。まさに神様です。俗っぽい意味での幅のせまさなどかれの場合批難する必要はありません。患者護送のいまの任務がすんだら、私は神様軍医と露営をともにできるでしょう。神様とオバケのおもしろい顔合せもみれるはずです。

目的地のケマピューにつくまでの、オバケ軍医の挙措はかなりはっきりと瞼にうかびますが、その他のことはなかなか思いだせません。ただ、部隊にはぐれた兵士たちのみじめなモノクロームの映像がちらちらとうかんできます。そして、私たちの後尾につづくトラック数台が、歩けなくなった他部隊の落武者たちをつぎつぎとひろってくるでしょう。

ケマピューはビルマからの落武者の大集落をつくっていました。ここでサルウイン河を渡河してから東への細道をタイまで落ちてゆかねばならないのです。道というのは名ばかり、じつは河床であって、雨季には河流となり、乾季には河底が露呈しているのを、阿片密輸の商人などが間道として使用していたものです。この道へビルマの十数万の生存兵が落ちてゆくのです。軍がそなえた食糧は少ないし、敗走が停滞すればたいへんなことになるのです。ここに集ってくる兵隊は程度の差こそあれほとんどが傷病兵です。重傷は牛車――それを私たちはノアと呼びました。ノアとはビルマ語で牛のことです――の助けをかりて運びますが、その数は僅少で、瀕死の兵隊の一部だけが恩恵をうけるのです。歩行はできなくても両腕の力がのこっていればこの細道をいざりながらでもタイへ急がねばなりません。全軍が餓死をまぬがれるためには、已むをえないのです。

ケマピューにきて護送してきた患者を他の衛生機関にわたし、その夜はじめてチークの葉でふいた仮小舎で安眠をとることができました。

その翌日か翌々日、兵隊にコレラ患者発生のうわさで色めきだったチーク小舎の集落をはずれて、ぶらぶらと野道をあるいていました。しかしここにもあちこちに、はぐれ兵士たちが野宿しています。眠っているのか息絶えているのかはっきりしない兵隊もいれば、かぼそく呻吟している兵隊もいます。なかには「軍医どの」と呼びかけて「サルウイン河はどんなんして渡河します？」と京都なまりで問いかける兵士もいます。私にもわからないことです。頭を横にふる他はありません。バナナ林の若みどりの向うに一条の水路が直線をえがいて光っていました。その水路の水面の反射とよどみがありありと記憶にのこっています。どちらが川上でどちらが川下か、まるでわからない水路でした。水面には腐臭がただよっています。枯れた浮草にまぎれて浮いているのは獣の屍と思いますが、あるいは息たえだえに水をのみにきて落ちこんだ兵隊かもしれません。私はここに、かねて忘れている孤独感をひろいにきているようでした。前線では孤独の思いは禁物です。たえず任務に追われているか、何もかも忘れてぽかんと休息しているか、またはおたがいにアドリブを連発して笑っているか、とにかくいつも孤独感に柵をしてその外側にすんでいるのです。この水路のほとりにきて、私はめずらしく孤独であり感傷的でした。昨夏以来の敗退つづきのあげくには、不死身であるべき日本が消滅してしまうかもしれないという不安がよぎります。うわさは、日本軍がタイ平原までしりぞいて、そこで乾坤一擲の勝負をするとつたえていました。ビルマ軍の現況を目のあたりにして、なんでそれを言葉どおりに信ずることができましょう。かといって、祖国の全面的な敗北は予想したくありません。たぶん降伏におわるだろうという思いと、まさか日本が、という思いがかわるがわる顔をだすのは私だけではなかったでしょう。私は北ビルマや雲南省に、司令官をはじめおびただしい死者たちをおいてきぼりにしてきました。あるいは魂の浄化、あるいははかなしい断念と、それぞれの死にざまにちがいはあっても、帰幽の心のしん底に共通するものが光っていたことを信じます。たとえ戦争ににくしみをいだくにしても、この死は完全な犬死ではないという思いです。その思いがなければ土にはなれません。

先刻私ははぐれ兵士と書きました。たしかに原隊からはぐれた兵隊たちです。いま原隊がどこに陣を布いているか、またはどのあたりを退却しているかも知らないでしょう。しかしかれらもある日まで火線で死を賭してたたかった兵隊です。病気に罹ったり負傷をしたり、落伍をしたり道を失ったりしているうちに、いつのまにか部隊から遠ざかり、ビルマからタイ方面へ脱出する間道があるのを聞き知って、おのずからこのケマピュー附近へたどりついた兵隊たちです。シラミにたかられ、もの乞いよりもみじめな姿で、飢餓と病魔にもてあそばれながら、とにかくここまで到着したのです。はぐれという言葉に多少とも軽侮の意味があるのなら、私はその言葉をあらためねばなりません。おびただしいそれらの兵士のながれには将校もまじっています。かれらには停滞がゆるされません。停滞は飢死を意味します。このケマピューでサルウィン河を渡河したら、一にぎりの籾米の配給をうけて、ただちにタイの方向へあるきださねばならないのです。ケマピューからタイのチェンマイまで約四〇〇キロ。死者からとりあげた泥靴をはいて。それとも水虫の素足で。

記憶というものは、アルバムにおさめた古写真のようなものです。ところどころの静止した場面はあざやかですが、それらの場面をつなぐ経路はすっかり消えてしまって、いまは思いうかべようもありません。その一葉ずつの写真もだんだん数少なくなります。

ある日の夕方でした。そのとき私はサルウィン河のほとりをあるいていました。龍部隊の第四野戦病院長のN少佐といっしょで、あたりには二、三名の衛生下士官がいたように思います。ここからは山が遠く、しずかに赤味を増しながら、太陽が落ちてゆきました。N少佐は歌人であり、私が不器用ながら現代詩を書くことを承知でした。ふたりのあいだにかるい風景論のやりとりがあって、話の落ちついたところが「風景のおもむきには、短歌的風景というもの、俳句的風景というもの、さらには現代詩的風景というものがあるようです。おなじ落日の景色でも、きょうの落日は短歌的であり、俳句風ではありませんね。それぞれの短詩型式の抒情の肌がちがうからでしょう」といったたあいない結論でした。やっとこんなのんびりした会話ができるようになったのです。出征以来何年ぶりのことでしょう。失っていた何かをすこしずつ取りもどしてゆく仄かなよろこびを感じていたのです。N少佐とて胸がなごんでいたことでしょう。燃え落ちる支那朱の夕日でありながら、燃える激しさよりも、曠野の果てでしらぬわびしさを訴えるような、そしてはるかな平安のありかをつたえてくる風景でした。

その翌日でしたか、翌々日でしたか、私は数名の衛生兵とサルウィン河の渡河地点に両膝をたててすわっていました。私たちのまわりには、やっとのことでこの河岸にたどりついた兵隊たちが、罹災者のように衰弱して、渡河の機会をうかがっていました。めいめいに小さなグループをつくっています。険悪な空気と退廃の色をともなった雑然とした光景です。軍医としての私の、片々たるヒューマニティなどたちまち弾きだすのです。私は両膝をたてていると書きました、いかにものどかな休息をしているように見えます。しかし私の頭にかぶっているのは他人のイニシアルのある泥だらけの帽子。着ているのはだぶついたシャツ。足には半張革がぽかんと口をあけている軍靴。籾米数日分を入れた靴下を後生大事ににぎりしめています。つまり将校であろうが兵隊であろうが、風姿のみじめさについてはまず平等です。胸のところの略章だけがわずかに階級を表現しています。軍刀はまだ失わずにいました。錆びてしまって山芋掘りにしかつかえないけれど。

兵隊たちはきまって何人かの伴侶をつくります。おなじ部隊の兵隊同志ということもありますが、それよりも出たとこ勝負の仲間の場合が多いようです。悲惨な身を助け合いながらビルマ脱出のみちをたどるのですが、その仲間が死ねばまた新しい道づれをつくります。将校にはふしぎにつぎつぎと当番兵ができるものです。このときの私などまだ部隊からの任務遂行中なので、じぶんの部隊の兵隊が当番になりますが、単身流浪の将校の場合でもいつのまにか、ゆきずりの兵士のひとりがその役を買ってでるものです。兵隊としては、たとえ泥まみれの将校であっても、進んで当番をうけもつと何かと好都合だというのでしょう。その辺が軍隊の階級の機微のひとつです。タイ国へ河床道をひたすら移動するのが、将校にも兵隊にもこれからの命がけの仕事です。この脱出強行軍の督促と食糧の支給とが、私にあたえられた任務とすれば、せめて大きな逸脱者がないように、敗北は敗北なりに最後の秩序を失わぬように指図しなければなりません。すでに衛生材料は雀の涙です。治療行為などに手のとどく状況ではありませんでした。

私は渡河の順番を待っていました。私やN中尉がモンクンからケマピューまで徒歩の患者をおくりとどけるあいだに、第一野戦病院の本部はおんぼろのトラックで私たちを追いぬき、ケマピューの対岸チョペニーに第一患者中継所を開設していたのです。私は本部にゆき、つぎの任務を受領しなければなりません。

サルウィン河の上流は中国雲南省を東へ走り、ビルマ東辺を南下して、いまは私の視界にたっぷりした水かさを見せています。中国ではこの河を怒江とよびました。昭和十七年の五月には、日本軍の快進撃のおおむね先頭を承って、怒江を雲の下に見る大懸崖のいただきに立っていました。恵通橋をわたった敵軍は対岸の鉢巻山の螺旋の道を敗走してゆきます。怒江はその名にふさわしい紺青の激流で、さながら龍ののたうちです。ここでもおびただしい数の中国兵が戦死しましたが、やがては戦況の変転とともに、私の戦友たちが数十倍の英支連合軍にかこまれて全員戦死をとげました。あの痛痕の河も三〇〇〇キロ流れおちてこのケマピューにたどりつけば、仏陀の国のかがやきにふくらんだ、悠々とした大河です。衰弱した兵隊が渡河を待ちきれずに、一言のメッセージものこさずに命絶えてゆく岸辺です。

いま、「悠々」と形容しましたが、まだまだかなりの流速をもっています。私の視野のなかで、菊師団がとくべつに編成した象小隊が、部隊をあげての渡河をはじめました。国境へ急行して重篤な患者の輸送に従事するというのでしょう。北ビルマを彷徨のときの私は、いくたびとなく象の足跡にたちどまり、あたたかそうな大きな糞におどろきましたが、象群の行動をじかに見るのははじめてのことでした。私たちの興味をひくのは象の渡河でした。おそらく夫婦にちがいない二頭の象がよりそって、その間に赤ちゃん象をはさみこんでいます。Mの字のかたちをくずさずに河をわたってゆきます。私の推察にあやまりがなければ夫婦象は、まだ非力な赤ちゃん象のはじめての冒険を、一所懸命に手助けしているのでしょう。ひろい河幅をぶじにわたりおえました。絶えて久しく接しなかった親子というものの情です。瞼がうるみました。戦場の片意地はった世界を生きてきて、すなおに流露する愛情に餓えていたのは、私だけではないでしょう。

渡河地点の対岸から野戦病院本部のあるチョペニーまではかなり踏みならされた道でした。例のオバケ軍医が道づれになりましたので、かれの軽口をたのしみながら旅をいそぐことができました。笑いながら心の雲をわすれることです。感傷的な前途の思いに閉ざされぬことです。傷病兵のグループをいくつもいくつも追いぬきました。もちろん追いぬくたびにかれらを激励してゆきます。象隊の列はさすがに足がはやく、兵士に馭《ぎょ》されて私たちに追いつき、たちまち追い越してゆきます。ときにはいっしょに休憩をしました。そして象たちの意外なかしこさを知りました。敵の航空機が降伏勧告のビラをまきにきたのです。爆音を聞きつけた象たちが、路傍の雑木の枝を折ってせっせと偽装するのです。こうした知恵を身につけるまでには、敵機にかなり手ひどく傷めつけられたに違いありません。

乾季の乾燥がのぼりつめる時期だったと思います。しかしビルマ平原ほどの酷暑ではありません。私はつぎの任務を待って、野戦病院がひらいたチョペニーの第一患者中継所に滞在していました。軍医としてのつとめは果しているのですが、格別治療らしいことはできません。荒蕪地にめいめい勝手にじぶんの場所を占拠している入所患者のおよその状況をつかみます。発着の数をしらべ、出発する兵隊にはかぎられた量の籾米をわたし、出発をためらっている患者には、四つ這いになっても国境の方へ移動するように叱咤せねばなりません。絶命している兵隊には心ばかりの土をかぶせてやるのです。合掌もそこそこに。これが中継所に仮寝する私の日々の仕事です。この中継所にとどかぬまま死亡した患者は、行きだおれとしてだれも葬るひとはありません。野のけものの胃ぶくろを充たすか、完全な腐敗をとげるだけです。もし腐敗から残るものがあるとすれば、戦争への憎悪でしょうか。

ここには兵隊が神様とよんだあの純粋な軍医もいましたし、オバケという愛称をもつ個性的なO軍医もいました。モンクンで爆撃をうけて右手のはたらきを失ったS軍医も滞在していました。オバケ軍医はいくさの成り行きなどつゆほども意に介していないようだし、神様は神様でひたすら軍人の誠実をつくしさえすればよいといった調子です。それぞれに戦争への批判をもっているのでしょうが、言葉にはだしません。各人がちがった生きざまをあるくのですが、戦友の名のありがたさ、あたたかいものがたっぷり通い合います。

このチョペニーを第一として、ビルマとタイの国境までに五つの患者中継所をおき、それを患者護送の中部兵站線とよびました。こういうむずかしい名称は作戦にたずさわる高級将校たちの呼び名で、兵隊たちは惨状をそのままに白骨街道と名づけました。私は第三中継所の長になるということで、つれてゆくべき衛生下士官と衛生兵を選んでいました。一日、私は第一中継所の日直をうけもち、巡察をしていました。そして二つの出来ごとに遭遇しました。中継所といってもべつに柵があるわけではなく、患者の兵士たちは軍医のいる本部小屋を中心に勝手気ままに分散しています。本部からほど近い場所に木の枝で組んだ糧秣小屋があり、ずいぶん床が高いので二階建てのように見えます。そこで突然叫び声がいたしました。叱り声のようでもあるし、悲鳴のようでもあります。おどろいて駈けつけてみると、象隊の子象が小屋をこわしているのです。柱の一本に鼻を巻いてぐいぐい引っぱるので、そのたびに小屋は大きくゆれます。子象とはいえすばらしい力です。いまにも倒れそうな小屋の上で、糧秣係の兵隊は真青な顔をしています。だれかがいたずらをして、散歩中の子象を怒らせたのでしょう。衛生兵たちの制止の声も利き目がありません。私としても手のつけようがないのです。そこへ大人の象が近づいてきました。あとで聞けば子象の叔母さん象だそうですが、うまく鼻をあしらって子象をたしなめています。すると子象はたちまち温和になって、やがて叔母さん象につれられて竹藪の方へ去ってゆきました。子象のやんちゃぶりも、人間世界の家族図とよく似ています。象の家族には、しばしばおふくろ以上に甥や姪を可愛がり、面倒をみてやる叔母さんがいるのだそうです。おどされた兵隊たちは二頭が立ち去っても、まだ肩をすくめていました。

そんなさわぎのあとで、灌木林の小径をたどって、伝染病患者たちの病状を知ろうと足をのばしました。伝染病といってもここではコレラの発生がなく、多いのは赤痢の患者で、血便のことがわかれば何はともあれ中継所の片すみにあつめます。そのうち運命にめぐまれた患者は自然治癒するし、ひよわな患者はさっさと他界してゆきます。死の接近は、脈《みゃく》をにぎらずとも簡単に予測することができます。蟻のためです。体の一部、ことに口のまわり眼のまわりが多いのですが、数匹の蟻が這いあがったと思うと、おそろしい速さで全身をおおいつくします。まるで蟻の喪服です。おおいつくしたときが死の時です。罹患者の場所にはいくつかの穴を掘っています。それをまたいで排便するように、手頃な深さと大きさをもたせています。これが赤痢患者の専用便所で、その他の場所で用を足さないように警告しておくのですが、わがままとしぼり腹の苦痛とで、勝手気ままなところに排便する患者が少くありません。その時も私は、ひとりの患者が警告を無視していざってゆくのを見ました。巡察の役目がら叱らないわけにはいきません。かるく叱ったつもりが、軍隊用語では語気があらく聞えます。患者は私を見かえしたようですが、表情を思い出すことはできません。私はけっしてつめたい態度ではなかったはずです。しかし敗走途次のうすよごれた軍医であり、無精ヒゲなどものばしていて、まるで鬼に見えたのでしょうか。私はその場をはなれました。背後に炸裂音を聞きました。聞きなれた手投弾の音です。後悔が私の心を血で染めました。

私は衛生下士官と兵隊をつれて第三患者中継所へ出発しました。地図も磁石もないのですが、インパールや北ビルマから落ちてきた兵隊たちが、河床をたどってぞろぞろあるいてゆくので、道を迷う心配はありません。まだ体力にゆとりがあるのか、風倒木などを一気に乗りこえてゆくものもいれば、杖をたよりに辛うじて足をひきずるものもいます。陽気なふりをする兵隊もいますが、大方は消沈した兵隊であり、眉をひそめてぶつぶつ独りごとをいっている兵隊もいます。左右からチーク林の傾斜がせまった峡谷風な道であったと思いますが、順を追って風景をよびさますことができません。路傍にはもはや一歩もあるけず、生きてゆくことをあきらめた暗い表情がありました。じっと眼をつぶっています。そのうち蟻が死を予告するでしょう。そんな兵隊は通過兵によって、靴、シャツ、ズボンをはぎとられ、ついにはいのちがけでにぎりしめてきた籾米もうばわれてしまいます。戦場の弱者はあわれです。ことに地獄の負けいくさです。しかしどこかにとぼけたところのある地獄です。そのとぼけたところが一つの救いです。道の辺にすわっていた一団の兵隊のことを思いだします。ほとんどの兵隊が奇妙な表情をしています。笑い顔ですがすこし変な調子です。「おい、どうしたんだ」笑いをまぬがれていた兵隊が「それがその、やつらは茸をたべたのであります。笑い茸というのでしょうか」。顔がひきつってまるで戦争の愚を嘲笑しているかのようです。

行くほどに、道は細くなったり広くなったり、石ころ道になったりいくらかととのった道になったりします。兵隊のすがたはいよいよみじめです。任務をもつ私たちはべつとして、なんらの任務についていない兵隊たちは、本能だけをたよりに水流をさかのぼる魚族のように、いちずに東を指してながれてゆきます。一にぎりの米を後生大事に、その他には略帽、シャツ、ズボン、牛蒡《ごぼう》剣、マッチ、軍靴、岩塩、ハンゴー、すべて死者からゆずりうけたり、拾ったりしたものが多く、それらが辛うじていのちを守っています。しかし日本の兵隊であり、階級からはなれられないという意識だけはのこしていると見ます。だらだらとながれてゆきながら薄手の秩序は保たれているのです。兵隊という意識が弱くなるにつけて、裸の人間としての思いが濃くなります。そのはざまにあって、飢餓と疲労と疾病とたたかいながらの敗北行です。だれの心にも一メートル前方には腐敗がちらついています。軍人としてりっぱであることと、人間としての光を失わぬことが、両立するときもあれば、大きなすれ違いをおこすときもあるのは当然です。

河床道の右ひだりに、くたびれて腰を下している兵隊がいます。横臥している兵隊もいます。静思しているのもいれば、ここを死に場所とあきらめたのか、瞑黙したものもいます。死の接近をのどの奥で味わっているかのようです。あるいは生死の選択をあなたまかせにしたかのようです。

あるとき木の根を枕にした虫の息の兵士を見ました。一言はげましの声をかけようとそばによった私は、はっと声をのみました。両の眼窠《がんか》を中心に顔のなかばがウジに占領されているのです。わずかに上下のくちびるのところだけにいのちの残り火を見ます。顔面をここまでウジに食べられるまでには、さぞかしひどい痛みだったことでしょう。顎や胸や二の腕には早くも蟻がたかっていました。身ぶるいするような哀れさです。私は任務をもっているのをよいことに、為す術もしらず通過しました。予定日までに第三中継所に到着しなければならないからとは、なんという冷たいいいわけでしょう。

神様軍医のK少尉とはどこでわかれたか、オバヶ軍医とはどこでふたたび道づれになったか、どうしても思いだしません。K軍医は律義さと純粋さによって、兵隊たちの尊敬を一身にあつめていました。純粋といっても、幼年学校から士官学校を経て、硝煙弾雨にとびこんできた若い歩兵将校の無垢さとはだいぶ質がちがいます。それなりに柔軟性に富んでいるのです。軍紀と人間性のあいだに自然なバランスがとれる徳性をもっています。謙虚でやさしくて世間しらずのようで、じつは俗性にも寛容で、しかもしんが強いのです。オバヶ軍医は軍医で、気骨のある自由主義者でありながら、その気骨をおくにかくして、いつも周囲を笑わせながら気軽に戦場紀行をします。勝ちいくさのときも敗北のときもおなじタイプで生きることのできる軍医です。だから、かれと接触する兵隊たちは、絶望と失意の淵から、多少とも希望の方へ気持をずらすことができるのです。私には、一口落語を紹介してくれるときもあれば、アインシュタイン学説の入口の部分を説明するときもありました。私たちの野戦病院の、いまでは生きのこりの軍医はたった十名たらずでありながら、その少数のなかにもこういう面白い個性があるのは、日本の軍隊の特徴だったと思います。それは兵隊の場合も同様でした。階級によって制服によって、何もかもおし殺しているようであっても、すばらしい個性をもった兵隊がいっぱいでした。だから死によって腐敗を通過する過程は一様であっても、永遠に口をつぐんだ胸底のものは、じつはさまざまだったでしょう。

そこは小じんまりした盆地だったと思いますが、第三中継所の所長小屋をぬけだして、ついぞチーク林のおくに分け入る機会はありませんでした。日に日に増加する収容患者のために、中継所はぐんぐん広くなりました。重篤な患者にはチーク小屋をあたえ、それほどひどくなくても徒歩出発が無理な患者たちは、まったくの青天井にねて軽癒を待っています。重症には粥をたきますが、その他はみな自炊をします。副食はきのうも今日も塩汁であり、バナナのシンのうすい輪切りが一、二片うかべばご馳走とよんだものです。ときには塩干魚が分配されます。中継所が保有している食糧にはかぎりがあるので、精根が尽きていないと見た患者は、心を鬼にしてつぎの中継所へ出発せねばなりません。残った食糧と一日の消費量とを比べ合わせて、鬼の程度を加減するのです。

日々の死亡患者は記録をとって埋葬します。衛生兵は昼のあいだはきわめて多忙です。しかし夜がふけるとあたりの空気が冴えてきて、しんと静まりかえった時間がきます。この時刻こそ魔の時刻で、膝小僧をかかえて沈思しようものなら、腹のそこからつめたいものが這い上ってきます。だから暇な時間には何かに気をまぎらせて、『戦争』の意味を問わないことです。心をそらすために私たちはいくつかのゲームを用意しました。いくさの雲行きがわるくなったころから私たちがはじめたのは、しごく簡単なジャンケンあそびでした。しめった防空壕の一隅にすわって、火縄のあかりでジャンケンをします。勝者は敗者にしっぺを打ちます。そしてジャンケン。そしてしっぺ打ち。その執拗なくりかえしで時をすごしました。子供のように単純な勝負をたのしんでいるあいだは、このあそびの外側に心がさまよいだす危険がないのです。弛緩した時間はなるべく浅く通過すること、これが戦場の、ことに敗戦をくぐりぬける要領でした。

ジャンケンあそびにも飽きがきてからは、私たちの中継所で狐狗狸《こっくり》さん占いが流行しました。だれかがふるさとの習俗によって、この素樸な吉凶占いを知っていたのでしょう。あらかじめ五十音表をえがいておきます。つぎに竹の箸三本で小さな三脚様のものをつくり、それをひらいて指先でかるく持ちあげます。しばらく待っていると、しぜんに竹の箸がゆれはじめます。ますますゆれるようになります。そこで私たちは狐狗狸さんとよぶあやしげな神様に質問します、「こっくりさん、お願いです、村の様子ば教えてください」「私の女房は元気でしょうか」。竹の先端がつぎつぎに五十音表を指して、神様の返事をつたえます、「タッシャデスカラアンシンシナサイ」。「子供ができたなら男でしょうか女でしょうか」「マルマルフトッタオトコノコデス」。ばかげたお告げとは思うものの、辺境の異様なわびしさのなかでは、俗信も少々力をもっているようです。性のことなど遠い世界にふりすてている兵隊が、つい郷愁をおぼえる占いあそびです。私も兵隊にすすめられて、幾たびもこの占いをしました。兵隊への手前、私は主としてひとり留守をまもっている母の安否を問いました。じつのところ、とくべつに消息を問うてみたい女性の名も知りませんでした。

中継所の周辺の原始林には、ところどころに未開の部落があるようです。患者の行方不明が少くないのは、たぶん食物を求めにいって道を迷ったのでしょう。磁石も地図もないのだから道を失うのは当然です。幸運に中継所へかえりついた患者は、ときにはニワトリを提げています。拾ったのか盗んだのか、それとも入れ歯の金冠をじぶんではずして、部落のニワトリと物々交換したものか、私にはわかりもしません。木綿の下帯を水洗いしてきれいにたたんで、これで食べ物を買ってくる兵隊もいるそうです。

中継所にはきわめてまれに、重症患者をのせた牛車がつきます。日本軍が患者輸送に使用した牛車が何台であったかは知りませんが、運ばれてくるのはみな瀕死です。中継所だから一旦は牛車から降しますが、加療すべき薬品やホータイなどはありません。ここまでは息があって到着したことを記録にとどめるだけです。膿をもちむきだしになった傷が、無能な私たちを笑っています。

私は毎朝、衛生下士官と兵隊との点呼をとります。日直の下士官は収容患者数、その発着状況と保有糧秣の量とを報告します。点呼にでるときは、ぼろぼろの軍靴を一度さかさにして、サソリがいないことをたしかめます。何べんかちっぽけなサソリがひそんでいました。しかしこのあたりのサソリは毒性がうすいらしく、咬まれていのちを落した兵隊はいません。昆虫といえば路上で大きなムカデを見たことがあります。猩々《しょうじょう》緋《ひ》をして、長さは三十糎《センチ》くらいだったでしょう。だがこのムカデも意外に毒が弱いのではないでしょうか。ムカデに咬まれて苦しんだ兵隊の話を聞かないからです。

まだ勝ちいくさのとき、この細道をとおってタイからビルマへ進撃した部隊があるとみえ、道の辺に延延と有線電信がのびています。形ばかりの電柱が立っているが、電柱と電柱との間隔がながいこと。ある日私は、その粗末な電柱をのぼってゆく蟻の列を見て、なにげなく列のゆくえを追ってゆきますと、電柱をのぼりつめ電線をつたって、いくつもの電柱をとばしてはるばるとタイの方向へのびています。いずれどの電柱かをたよりに地面へ下りるのでしょうが、無数の蟻の気の遠くなるような電線づたいの旅。そんじょそこらへの巣の移動とか、餌の運搬というのなら話はわかりますが、はるか遠方へためらいもなく急いでゆくのは、いったい何のいとなみをしようとするのでしょうか。思えば私たちも、この昆虫と同様に、草枕をかさねながらタイへと移動しています。蟻の行列がむなしいとすれば、私たちの敗北行にはもっともっとむなしさがあり、蟻に動物の本能がそうさせているとすれば、私たちにも人間というよりも動物に近い不気味な本能が作用しているのでしょう。

ビルマからタイへの敗退兵士のながれは、あいかわらず氾濫し混雑し、そろそろこの辺境の雨季が近まってきました。私には第一野戦病院本部からの命令がとどき、第五患者中継所をうけもつことになりました。この中継所は本部にある地図によると国境線から西へ四二マイルの地点にあり、あたりに部落がないので地名がありません。

これを知った兵隊たちは、生きて越えがたいという嘆きをこめて、四二マイル、すなわち『死に参る』中継所とよぶようになりました。ここからは例の牛車の通行もさえぎられます。国境の峻嶮なドイインタノン山の杣道《そまみち》をたどらねばなりません。めいめいは二本の脚をたよりに難路を脱けるのです。ただし、この中継所のそばには象部隊が待機していて、象使いの兵士に馭された象が、背籠に二名ずつの危篤患者をはこぶのですが、タイの患者集合所までの往復にたっぷり二週間を要するので、よほど運にめぐまれた患者でないと、象の世話をうけることができません。しかも象は、飼い馴らされているとはいえ、しょせん畜生です。背の上の患者の容態がどんなに悪化しても、随所随所に停止はいたしません。夕方になるまであるきつづけて、列のなかの子象が疲れて悲鳴をあげると前進をやめます。たとえそこが断崖の上であろうと象の隊伍はてこでも動きません。兵隊にとっては最悪の状況の野宿となるわけです。水をもとめて暗くなった谷底まで上下しなければなりません。こういうわけで、『死に参る』中継所では、いよいよ患者が渋滞し、死者の数がふえてゆくのです。のちに兵隊たちが恐怖を記憶して白骨の道とよんだ、ケマピューからタイのチェンマイにいたるこの河床道の、もっとも呪詛にみちた場所なのです。

第三中継所から『死に参る』中継所まで、何日を要してあるいたものか、ほとんど覚えていません。ただ、乾季らしい風景の見はらしのよい丘にさしかかったとき、そこに王者のような椎の巨木がありました。緑陰の円につつまれて腰を下したのを思いだします。戦いのむなしさに耐えている私たちをふるい立たせるかのように、植物精気を大きくゆさぶっていました。道づれの誰かが、このあたりのかくれ部落には、ふしぎにも椎の実をたべる習俗がないそうです、と申しました。辺地の山に住む少数民族に、木の実を食用に供する知恵がないなどとは考えられぬこと。「嘘だろう、きみ」と反問したのを覚えています。

また何日かあるきました。あるなだらかな丘の斜面に小屋の集落があり、手真似で交渉をして、草屋根の下の一泊を乞いました。私たちの通過を知りながら逃亡していない部落には、女性の姿がないのが常で、ここでも私の記憶では男子だけがうかんでいます。中国やビルマの野良着とはあきらかに趣のちがう、むしろ中近東風の長いズボンをはいていました。むかしものの本でよんだ苗族であろうと推察することができました。小屋は横に長く日本でいえば長屋のつくりです。集落のはずれに数個の大きな甕があり、異様なおもむきをもっていますので、兵隊とふたをとってみました。中には濃紺のどろどろした液体がたっぷり。たぶん布を染めるための藍甕《あいがめ》でしょう。植物染料という知恵のふるさとはこのあたりにあるのでしょうか。

第五中継所は深い森の底に、チークの葉でふいた小さな二棟の小屋が、高慢な自然と冷酷な運命をおそれてじっと身をちぢめていました。夜になれば野猿の大群が梢の闇を移り、金属製の啼き声が鼓膜をはじきます。かれらも雨季の悪霊にそなえているのでしょうか。それとも飢えて乾いているのでしょうか。私たちがたどってきた河床道は、ここから爪先あがりになり、さらに暗くさらにせまくなります。中継所の本部は兵士たちのながれを一阻みする、まるで日本のむかしの関所の感じです。ここに寝起きしている私たちの貧弱で不器用な仕事ぶりは、通過する傷病兵から見れば、因業な関所役人のようにうつるでしょう。中継所で数日なりと休息してゆきたいと乞えば、あるけあるけとせき立てられるし、もう少し多量に食べものがほしいと頼めば、ここには重症患者以外に分けてやる籾米はないと叱られるし、兵隊たちはここを通りぬけるときが、もっとみじめです。森のなかは樹海です。野ざらしの患者たちがそれぞれに散らばって息をひそめています。患者はふえる一方です。すでに四〇〇名は収容しているでしょう。発着係の衛生兵はなんどもなんども患者をかぞえていますが、正確に把握するのはなかなか困難です。中継所としては死者の埋葬で手いっぱいです。私たちの皮膚はしめりに欠け、太陽は喬木の梢でかがやいています。何しろ岩石の多い森で、奥へすすめばとかくつまずきやすいのです。いまは乾季の果ということは知りながら、いつごろどんな様相でこの国境の雨季が到来するものか、察知する由もありませんでした。中継所の裏手の方から一条のふかい窪地がうねっていました。その底をちょろちょろと水がながれていました。幾たび注意しても患者たちは窪地に近づいてゆきます。炊事のためにも洗濯のためにも、また排便のためにも便利だというのでしょう。ことに赤痢の患者たちは、ここを離れようとしません。だからまるで塹壕のようなこの窪地には、いつも多数の患者が集っていました。

ここで私は、思いきって悪夢のことを書かねばなりません。ある日まったく突然に、森の内奥のどこかはるかなところから轟音がせまり、中継所の裏手をよぎってたちまち消えてゆきました。とっさには雷鳴だと思いましたが、音の発生も消え方もちがいます。なにか容易ならぬことがおこったはずです。私も下士官も衛生兵も一せいに、轟音の正体をもとめて馳《か》けてゆきました。患者の接近をいましめていたあの窪みには、岩石や倒木などがごろごろと散乱して、あちこちに濁水の大小いろいろの水たまりをのこしています。患者たちが何よりも大事にしていたやぶれ雑嚢やゲートルや炊事用具が見あたらぬどころか、患者たちじしんの形影が忽然と消えています。あのちょろちょろ川のずっと川上で俄か雨がふったのでしょう。山津波です。小型とはいえ兇暴な山津波です。慄然としてたたずみましたが、すぐに気をとり直し、泥流の爪跡を川下の方へ追ってみました。広大な原始林です。ながされた患者たちの一点の遺品すら見つけることができません。かれらの官氏名を中継所の発直名簿で照合してみるのが、私たちにできるせめてもの仕事でした。こうして『死に参る』地点に雨季が近づいてきました。

雨季になりました。一日のうちに幾たびも雨の息づかいの変化があって、どしゃぶりのときも細雨のときもあります。中継所の前の道は河同然です。兵隊のながれとさかさにビルマの方向へながれてゆきます。象部隊の象たちはいまどうして雨を耐えているでしょうか。収容患者の病状は悪化の一途をたどります。衛生兵は比較的に体力をのこした患者と力をあわせて、泥縄式に雨よけの小屋を組んでいます。食糧が心細くなってきました。患者にわける米の量をぎりぎりに減らしました。そこへいやな流言がつたわってきました。勝手に部隊をはずれた無法な一団の兵士たちが、機関銃をもってこの中継所を襲撃する気配があるというのです。籾や塩がほしいのでしょう。まさかとは思うものの、自己防衛の手だてを考えぬわけにはいきません。中継所に服務している衛生兵は、雲南省での激戦では善戦していますが、戦闘のうまさではどうしても歩兵には劣るし、火器についても小銃の数挺をもっているだけです。いま糧秣をうばわれたら、患者のいのちをまもる機能が潰滅してしまいます。そこで知恵をしぼることにしました。いささかでも戦闘力のありそうな患者グループを探してみました。運よくまだ小銃をもっている歩兵の患者たちが通りかかりましたので、とりあえず中継所に休息させ、当分ここにとどまって、非常の事態には私たちとともに応戦してもらうように依頼しました。かれらも体力の回復をはかる余裕ができます。ギブアンドテークというわけです。私の嫌いな言葉ですが、このやり方でないと問題が解けません。思えば戦場は、勝利のときも敗退のときも、もつれをほぐすのはギブアンドテークの精神でした。利のありなしで応待がくるりとかわるのです。軍隊の矛盾を生きぬいてゆく要領のひとつでした。戦地でおぼえたこのいやな知恵が、戦後四十年の今日も私のなかで、しこりをのこしています。

雨がつづきました。ときには豪雨、ときには霧のようにこまかく、霖雨《りんう》としての息づかいをしながら。中継所はますます暗く陰気になります。狐狗狸さんのあそびもしなくなりました。患者の容態はわるくなり、死亡者がふえてゆきます。気力をなくした患者たちは、みじめにみじめに、しかし静かに息をひきとってゆきます。言葉をのこすひとはいません。雨をおかして屍の始末にゆくのが、私や衛生兵たちの日課です。

森の闇へ踏みこむと、道に迷うとか怪我をするとかの危険があるので、道のそばのわずかに平坦な場所をえらんで埋葬するのですが、ここでは死屍が大混雑です。私も衛生兵もつかれていて、ねんごろに埋めるのは不可能です。かたちばかりの穴を掘って雨をふくんだ泥土をかぶせて合掌するという、単純な動作をいくたびくりかえしたことでしょうか。なるべく収容患者の眼にふれぬようにと日暮れてからの作業です。あくる日この仮墓地にゆくと、夜のあいだの沛雨《はいう》に土がながれて、ほとんどの屍はむきだしになっています。土中に安息できぬ新仏たちのあわれさ。あらためてショベル一、二はいの土をかけるのですが、あくる朝はまたむきだしになっています。誰を相手ともないこみあげる怒りのために涙がでます。横なぐりの雨が涙を洗います。

戦場のくらしを長くつづけて、かえりみれば私の周囲はいつも死がいっぱいでした。にもかかわらずふしぎにも、これまでに戦友と死の意味を問うたりしたのは、ただの一回だけ。北ビルマのミイトキーナ脱出行のおりに、はからずも道づれになった仏門出身のK少尉と、死をめぐって熱っぽく語り明かしました。翌日、かれは手投弾でみずからいのちを絶ちました。このとき以外に、だれひとり死の問題にしみじみふれようとした戦友はいません。過労が、ひもじさが、それとも恐怖が、死の解明を遠ざけようとするのでしょうか。無意味な骨折りだというのでしょうか。死に追いたてられて、死が見えなくなったともいえます。あまりにも身近な場所に死があふれると、それがかえって不透明になるのかもしれません。冷静に生死のことを考えてみるためには、むしろ死からのなにがしかの距離を保たねばなりますまい。

雨の日がつづきました。食べさせること、食べることに一所懸命で、うすぐらい朝がおとずれ、まっくら闇の夜がきました。なるようになるさとふてくされ、あぶくのように顔をだす虚しさはその度にふりはらいながら、たぶん私はかなり片意地になっていました。戦争についての知的な問いつめの意志など私もおし殺していました。そういう生真面目をつづけているとくたくたに疲労してしまうからです。そして絶望的になるからです。野戦病院の本部とはほとんど連絡がとれませんでした。だから病院長はじめ友人の軍医たちの動静はわからず、あのオバケ軍医が日本軍の混乱した敗北のなかで何を考えているか、神様とよばれたK軍医が、いまも心の平衡をきちんと保って軍医を遂行しているだろうか、そうした状況を知る術がありませんでした。オバケ軍医がそばにいてくれたら、私の生半可な律義さの無意味をゆさぶってくれただろうに、また神様軍医と起居をともにしていたら、石のような強がりを見せている私の、胸のおくの不純をあばいてくれただろうにと思うのです。あいまいなかたちで、雨の今日から雨の明日へかたくなな心をはこぶだけの朝夕でした。

ところで私のこのノートには、兵隊たちの個性的な描写がひとつも出てきません。末期の兵隊の影絵などがつぎつぎに浮ぶだけで、その生きざまについてなら、一片の事件もわずかな挿話もえがいていません。死のおびただしさが私の記憶を占めてしまっているからです。そこに生々しい人間がいたことを失念してしまっているかのようです。ただ、私のまわりの下士官も衛生兵も、文字どおり寝食を忘れて働いてくれたことが記憶のなかで生きています。糧秣護衛のために長滞在してくれた歩兵のグループも、困難な衛生業務によく協力してくれました。そして、道のほとりには、野ざらしの死屍がいよいよふえ、夜毎梢をわたる野猿の叫びもますますするどくなりました。

雨にうたれながら兵隊たちは、中継所の前を、それぞれの仲間をつくって東の方へ、つまり国境の山の方へながれてゆきました。その表情には戦意をうかがうことができません。うなだれがちの漂泊です。しかしなかには意外に元気で、それがここではかえって場違いの感じをあたえる兵隊もいます。あるときは、将校が軍旗と推測できる長いものを奉持し、それを数名の兵隊が護衛して、黙々とあるいてゆくのを見ました。かつては栄光にかがやいていたものが、いまはほろびの風情をもっているのです。またあるときは、なまめかしい女性たちの声をかこんだ一群の兵士も通過してゆきました。泥まみれになって性のつとめを果してきた女たちを、なじみの兵隊たちが道案内するのでしょう。彼女たちの陽気さたくましさには驚くほかはありませんが、雨をはじく嬌声に、聖者でもない私が顔をそむけたくなるのは、中継所の重症患者の風景とあまりに異質なためでした。

中継所から遠くないところに待機していた象隊は、雨をおかして患者輸送を開始しました。たそがれどきには、野放しの象を集めにゆく兵隊のかげを見ることができました。がらんがらんと首の鈴をならして、象たちが集結してきます。あの鈴だけが荒寥とした『死に参る』中継所に、童話風なやわらかさをもちこみます。中継所から国境の高い山を越えて、タイ国のメナチョン中継所まで、象の足でほぼ一週間の行程です。往復に二週間以上を要します。象使いの少年を頭にのせた象の背籠には、二名の患者が乗りこみます。たぶん十数頭の象で一グループをつくっていたと思います。この象輸送の恩恵をうける患者は重症でなければなりませんが、かといって瀕死の兵隊では籠の大ゆれに耐えることができません。訓練のゆきとどいた象は、ぽんぽんと前脚をたたくと、ゆっくり膝を曲げてしゃがみこみます。患者はその膝を踏み台にして背籠まで這いあがるわけです。前進後退、右まがり左まがり、すべて象使いが鳶口《とびぐち》のようなもので耳たぶのうしろをつついて合図していました。象隊が一輸送を終えて中継所にもどってくると、輸送報告にくるのですが、しばしば一、二名の患者が途中で仏になっていました。

雨のはれ間がだんだん多くなり、やがてありがたいことに予想より早く雨季のおわりを迎えました。私たちの主戦場であった雲南省や北ビルマの雨季よりもいくらか短かった感じです。しかし私たちの胸のうちはまだまだ雨季でした。あいかわらず埋葬人夫として、兵士のための墓地さがしに苦労していました。それでもあの土砂降りはなくなったので、中継所での死亡者には一応の土をかぶせることができました。河床道で野たれ死にをした無数の兵隊はそのまま放置されているはずです。死屍が多すぎるので野獣の食欲もにぶるでしょう。腐敗してゆく仏たちに、通過する兵隊たちの何人が涙の一しずくを手向けていったでしょうか。

歴史に切り口を刻みこむその時が近づいてきました。兵隊の口から口へ、日本の敗北の噂がながれてきました。新型爆弾による広島と長崎の被害のことも。軍の組織を通じての正式ニュースは、どこからどうして私にとどいたか、記憶にのこっていません。八月の十八日だったでしょうか、翌十九日でしたでしょうか、私は中継所の衛生部員ぜんぶと、やや体力をのこしている患者たちを、私のチーク小屋の前にあつめました。深い思いをおさえて、「敗戦におわったからには、自重してこれからの命令を待つべし」といったあたり前のことをぶっきらぼうに告げたと思います。ここ一、二年の戦況からは、敗戦が当然の帰結と考えられるけれど、無念の思いは強いものでした。予想もできぬ今後の大きな変化について、しっかり覚悟をきめねばなりますまい。この場にいたという博多出身の下士官からつい最近もらった手紙には、私が腰に軍刀、手には純白の手套をして、毅然とした態度で訓示をしたと書いていましたが、これはどうもかれの記憶ちがいで、そのときの私は手套どころか、ぼろぼろの軍衣を着て、みじめな恰好だったはずです。中継所の兵隊たち、ことに患者たちには、いろいろと動揺するものがありました。まず認識票を捨て、小銃をもっている兵隊はその菊の紋章をけずりおとしはじめました。原始林のおくへの脱走の気配も見うけました。中継所にわずかにのこっている赤チンキをもらって、これで赤十字の腕章をつくる兵隊もいました。衛生部員のふりをしたら、俘虜になっても助命がかなうとでも考えたのでしょう。なるほど流言のなかには、兵隊は罰せられ将校はみな死刑とか、いや罰をうけるのは将校だけだ、敗北したナチス同様かならず将校は去勢されるとか、さまざまの虚報がながれました。

狼狽した兵隊といっても、それは一部のはずで、主知的で平静な兵隊も少くなく、かれらは軽はずみな行動をじっといましめていました。あわて者の兵隊の動揺も二日か三日のことで、まもなく平常の心をとりもどし、追いたてられたかたちで、国境の山岳に向いました。

ところで私は、この負けいくさを期待していたのでしょうか。私にも祖国愛はあり、戦友たちの死には切歯したものです。ただ長いこと敗北の戦列にいましたので、いずれこういうことになるかもしれないとの、かすかな予感はあったでしょう。したがって高級将校が口にするタイ平原での大会戦などは信じてもいませんでした。敗北は残念です。しかしこれがいつまでも残念であるか、私たちがよみがえるための吉報であるか、その答案をやすやすと書こうとは思いませんでした。愛と自由の名をとなえるのには一種の羞恥をおぼえました。私のいのちの恩人であるM部隊長のこと、戦友のこと、部下のこと、ひっくるめて戦争のこと、名誉のこと、解放ということ、それらすべてを反芻しながら、まだ単純に戦争を憎むとは答えかねていました。

私たちの野戦病院は、全員が国境を越えてタイの古都チェンマイを経て、中部タイの大河沿いの村バンダーラに集結し、あたらしく野戦病院を開設するように命令をうけました。私の『死に参る』中継所も、他の患者中継所に配置されていた戦友の軍医たちもみな、その業務を後続する他隊の野戦病院に申しおくって、タイへの移動をいそぐことになりました。どうせ俘虜になるのなら早くタイへ移って、ふたたびビルマへの難路を引きもどされることがないようにと考えたのでしょう。

私は、象隊による重症者護送の指揮をとりながら山越えすることになりました。時はよし乾季のはじめ。国境の秋。ビルマの河床道につづく杣道ですから、のぼればのぼるほど道がせまくなり、峠を越える難所は道の幅一メートルあまりの心細さです。この峠を象隊も数回通過したでしょうが、行き倒れの患者を心ならずも放置しながら、無数の患者が通過したわけです。人間がひとりずつ縦にならんであるいても、谷間にすべりおちそうな悪路です。これを巨象の群がどうやってぶじに踏破するか、おそろしさ半分興味半分で固唾をのんでいました。前にも述べたようになるほど象はかしこいものです。先頭の象には先導の意識があるとみえます。さしだした前足で路面を慎重にふみしめて、その足跡の凹みへ後足をはこびます。うしろにつづく象は用心ぶかく足跡を踏襲してゆきます。日本の諺でなら、石橋をたたいてわたるというところです。赤ちゃん象は親象の腹の下に収って四本の脚の外側に出ないようにして、小走りでついてきます。こうした念には念の前進法がわかってからは私も、背籠のなかで象の鈴を子守歌がわりに聞き、うとうとしながら国境の絶景をたのしみました。軍人になって七年ぶりの自由のよろこびの、青い空気を胸いっぱいに吸いこみました。

私とペアになって籠にのりくんでいる下士官は、もちろんかなりの重症でしたが、苦痛がかるいときにはかれの方から私に話しかけてきました。象の死の話をしたのをおぼえています。死期を予知した象は、みずから象の墓場へあるいてゆく。そういう誰も知らない場所があるそうな、本当だろうか、といった話でした。

タイ国へ降りてゆく山すその高原は、眼路のかぎり芥子の花ざかりでした。おそらく生きてふたたび出会うことのできぬのどかな眺めです。阿片のもつ陰湿なイメージが嘘のようです。象の背は大ゆれにゆれて、解放感のわだつみを渡ってゆくかのようです。一週間目には象隊とさよならしました。患者をここの野戦病院に収容させ、これからはまた二本の足をたよりに、部下の衛生部員の一グループをつれて旅路をいそぎました。早くタイ平原へ出たいという心あせりから、夜を日に継いであるきました。これまで数年のあいだ私たちは夜の軍隊でしたから、夜目にはじゅうぶん慣れています。闇路をたどりながら、たぶんもうすぐチェンマイのあるタイ平原の北端にたどりつけると期待しているとき、とつぜん広大な漆黒の果てに、荘厳な一点の光輝を見て、はっと息をのみました。まぶしい啓示にとめどなく涙がでます。何年ぶりに見る電燈でしょうか。たった一箇の電燈がこんなに強く輝くなんて。宝石よりも美しい文明のいと口です。しかしあの文明は、これからの私たちを天恵にみちびこうとするのでしょうか。それとも人間界のあたらしい不幸への道案内でしょうか。

（『新訂増補　月白の道』一九八七・一一）

Ⅲ　丸山豊をめぐって

丸山豊先生のこと　愛についてのデッサン

野呂邦暢

私は古本屋の前を素通りすることができない。知らない町へ旅行したとき、まず考えるのは、この町のどこに古本屋があるだろうかということである。

古本屋のない町はものたりない。「愛についてのデッサン」という私の小説は、父の死後古本屋をついだ若い男が主人公である。父親がうまれたのは長崎、ある理由で故郷をすてて上京し、古本屋を開業する。六篇の物語は初めと終わりが長崎市を背景にしている。まだ独身の主人公が、古本屋という仕事を通じてさまざまな愛にめぐりあうことになる。

去年の初夏から冬にかけて六カ月間「野性時代」という雑誌に連載したときは「佐古啓介の旅」という副題をつけ毎回、タイトルを変えた。こんど一冊とするにあたって、「愛についてのデッサン」というタイトルをえらんだのは、この題名が物語の主題をほぼ正確にいい表していると思ったからである。

久留米市におすまいの内科医で丸山豊先生という詩人がおられる。実は「愛についてのデッサン」は、丸山先生が昭和四十年、五十歳のときに刊行された詩集の題名なのである。丸山先生のお許しをえて、自作の小説の題名とすることができた私は果報者だと思わなければならぬ。

詩などに興味をもたない人も、旧陸軍の第五十六師団「龍《たつ》」の兵士ならば、師団司令部付の軍医中尉であった丸山先生のことはおぼえているにちがいない。太平洋戦争において長崎県出身の壮丁はほとんど「龍」部隊か、第十八師団「菊」にぞくしてビルマで戦った。「菊」と「龍」両師団は長崎、佐賀、福岡出身の青年で編成された旧陸軍最強の部隊であった。

私が丸山豊先生を知ったのは、昭和四十五年に刊行されたミイトキーナ戦記「月白の道」が最初である。ミイトキーナはビルマ北部の県庁所在地で、昭和十九年五月から八月まで「菊」と「龍」の将兵およそ四十名が二十倍の連合軍を向うにまわして戦った。「月白の道」はその戦いの経過を詩的な文体で淡々と綴った散文なのだが、これはおそらくただの戦記といってすまされない一個の文学作品である。私はうかつにも丸山豊先生を、東京在住の詩人丸山薫氏とまちがっていた。しかし、「月白の道」

を読んでから自分の不明をはじた。この書物が戦いのなりゆきを記録しただけのものであれば私は感動しなかっただろう。はげしい砲爆撃の下で、死と飢えとマラリアに直面し、国家への忠誠とは、人間が人間であることとはと、当時二十九歳の軍医がひたむきに考えたことを、戦後二十四年の歳月がすぎてから文章にしたものである。ひとくちでいえば、人間が他人を愛するとはどういうことなのかというに尽きる。丸山豊先生の詩もまたほとんどこの問いを自他に投げかけているかに見える。愛というものは詩人や小説家にとっては永遠の主題なのである。私は丸山先生の著作に親しむ機会がなかったなら、この小説を書きはしなかっただろう。

私は「月白の道」を一人でも多くの人に読んでもらいたい。しかし残念ながら本書は博多の小出版社から刊行されたのち絶版になっており、今は同社から刊行された限定本「丸山豊全散文集」の中にしか収められていない。著者は自作をひろく世に問うという気持をもっていないのである。理解者があればそれはごく少数でもかまわない、という態度は私の目にけっぺきと映る。いさぎよいとも感じられる。埋れた名著というものは世に存在するのだ。

丸山豊先生に初めてお目にかかったのは今年の二月であった。博多で催されたある医学会で講演されるのを聴きにいったときのことである。講演などするのはうまれて初めてだと、丸山先生はいわれた。私は尊敬する文学者とはその作品を通じて接すればいいと考えている。敬意を払えば会ってみたくなるのが人情であり、私も例外ではないが、文学者はつねに自分だけの時間と空間に生きているもので、訪問者はありがた迷惑なのである。

それでも聴衆の一人としてならさし支えあるまいと、講堂のかたすみで耳をそば立てた。話が終ってから、紹介してくれる人があって一室で二時間あまり丸山先生とさし向いになることができた。詩や散文にうかがわれるみずから恃すきびしい態度、文体の高い格調とはうらはらに先生は明るく柔和であった。本当に怖いのはこのように、他人に対して優しい人である。

先生とお別れして建物の外へ出ると、氷雨が降っていた。傘をささずに歩きながら私はその雨をいっこうに冷たいと感じなかった。

（「長崎新聞」一九七九・八・二八）

常凡と愛の重力

川崎　洋

電話の向こうから、あたたかく静かな声が聞こえた。

「川崎くん、書いてくれんかなあ」

わたしは丸山さんを先生と呼ぶ。

「先生、解説はぼくなどより、もっとほかに適任の方がおいでだと思いますが……」

そう言いながら、お引受けしないわけにはいかないともうほぞを固めていた。

「白鳥」という詩がある。

白鳥よおまへに
また秋のなべての生きものに
あたかも苦しみの奥義を
ものがたりでもするかのやうに

まひるの水のなかより
おまへをぢっと見つめてゐるまなざし
絹色のさざなみが立てば
こはれてすぐに蘇るまなざし
それは水にうつるおまへのかげよ
そぞろにすべるおまへを
終始つきまとふひややかなまなざしよ
おまへは例の白無垢の
祭の着物をつけたまま
憤りの色をひそめ
嘴を入れて水中のまなざしを啄む
そしておまへはかげを喪ふ
かの死のまなざしは咽喉にとどまり
ちらちらと降る光の領域
水の面に世にもしづかな輪をゑがく

この世でもっとも清らかで美しいものとしての白鳥とそれをじっと見詰めるまなざしとの間にある緊張した感じが、ひしひしと伝わってくる。白鳥が汚れない純白であればある程、何か痛ましい思いさえ湧いてきて、切なくなる。詩の上では、「まなざし」は水に映った「白鳥の影」だ。しかし、そこに戦争という悪い時代の予感、美しいものの存在を許さない、それどころか命さえ、いつでも断ち切ってしまうものの見詰める目が重ねられているとわたしは感じる。

詩集『白鳥』と出会ったのは、福岡県久留米市の図書館だったように覚えている。一九四六年か七年の頃、なんとなく詩らしきものを書き始めていた旧制中学四～五年生の頃のことである。

創言社刊『定本丸山豊全詩集』の「あとがき」によると丸山さんは、北原白秋の次に三好達治、ついでアルチュル・ランボオに「たどりついた。中学生のときである。片時もランボオ詩集を肌身からはなさなかった…ランボオの詩をほとんど諳んじたところで、（堀口）大学訳のレイモン・ラディゲとめぐりあった」と記されている。

そして、

「ラディゲよ、きみが昇天したところから僕等は生誕する。きみが書きをへたところから僕等は遍歴への出発をする。

　ラディゲよ、少年の日にきみの文学に魅された人は数多い。その誰もかれもが、やがてきみを軽侮し、きみを卒業したと称する。『ラディゲを卒業する』とは一体どういふことであらうか。きみの強烈な魂の歯ぎしりに似たひびきを、かれらはどの程度に理解したのであらうか。きみのエスプリになんら感動しなくなるのが人間の成長と称するものであらうか。

　僕らはきみから、秀才的な天才を、バナリテの精神を、峻厳無比な心の眼とわかわかしい愛情のありかたをまなぶ。

　ラディゲよ、しかしながら僕等はしょせん巴里の人でなく、東方の青年である。きみが経験したのは第一次の世界大戦であり、僕等が忍耐したのは第二次のそれである。きみに千万の教訓をえながら、僕等にはまた僕等の、あたらしい苦心、努力、決意があらうといふものだ」

（「ラディゲ頌」『定本丸山豊全散文集』創言社刊）


　というオードが書かれたのは、一九四六年、軍医大尉丸山豊が戦場から帰還した年（三十一歳）である。

ラディゲがパリで夭折した（一九二三年）十二月十二日に「小さなラディゲ忌をいとなみ、彼の身の上やその作品について、あるいは日本のラディゲ流について語りふかした」ほど、ラディゲに傾倒し、それが詩集『玻璃の乳房』の誕生（一九三四年）をうながしたと言っていいだろう。

ちょうど丸山さんがラディゲに傾倒したように、わたしの詩の出発は、詩集『白鳥』に生け捕られることによってなされた、と言っていい。

ここで、亡父について触れることをお許し頂きたい。父・川崎甲平は福岡県久留米市の生まれで、わたしが生まれたときには東京の新聞社に勤めていた。ところが、太平洋戦争中、久留米市の本屋・金文堂がジャワに支店を出すことになり、父にその支店長としてジャワへ赴任しないかという話がきた。父はそれを引受けて、ジャワ行きの船便を待つ地理上のことも考えがてら、疎開ということで、新聞社を辞し、一家をあげて東京から福岡へ移住したのだが、敗戦で計画は消え、父は金文堂に出版部をつくって、その仕事に当たった。丸山さんの六番目の詩集『地下水』も、金文堂の印刷によるもので、わたしの手元にある詩集は、その折父が丸山さんから頂載したもので、扉に、川崎甲平様、丸山豊と、美しい筆で記されている。

たまたま図書館で『白鳥』に魅了されていたわたしは父と丸山さんの関係を知って、

チャンスとばかり、父に「豚児です。よろしく御引見の程お願い申上げます」と書いた名刺を貰い、丸山さんを訪ねた。以来、お話をうかがったり、詩を見て頂いたり、「母音」の集まりに加えて頂いたりしたのだが、その間に、八女中学の同級で今も親しくしている水尾比呂志君や松永伍一君を誘って「母音」の集まりに行き、二人を丸山さんに紹介したように覚えている。父を亡くしたあと、肉体労働で家の生活費を稼いでいたが、時折丸山医院へ出掛け、患者さん達と一緒に待合室で順番を待ち、診察室へ入って、ビタミン剤か栄養剤かの注射をして頂きながら、詩の話をお聞きしたりした。たぶん、そのときのお代はお払いしなかったように思う。

詩集『白鳥』と並んで、『地下水』にも、わたしは大きな影響を受けた。たとえば「地球」という次の詩——

あかるい酸素のなかで、いつとなく何処からともなく　とらへがたい形があらはれ　ふしぎな色と匂を帯び　光はしづかに陰をともなひ　生誕の羞恥から徐々に冷えてゆくのを　場所もなく方向もない未知の世界から　ぢつと見まもつてゐる透明なまなここのような一篇が、どれほどの深さで、わたしの詩とかかわる部分に染み透っていったか、それは計り知れない程だ。『地下水』は、すべて散文詩の形をとっていて、形而上的リリシズムが、大和ことばと溶け合い、観念のすみずみまで歌わせている。そして丸山詩特有のリズムの波動が魅力的だ。

わたしを詩へ駆り立てるものは、わたしの中の南の血だということを、いつからか、しきりに感じている。そのことから考えてみると、丸山さんや安西均さん、それから北原白秋などと、どこか重なる小さなポエジー圏をわたしの血が巡っている故に、丸山さんの詩にはストレートに触発されるべく運命づけられていたと言えるような気がする。

いま『地下水』を読み返してみると、何の疑いをさしはさむ余地もなく、そこにポエジーを感得した往時の手応えが甦る。なにはともあれ、存分にこれが詩なのだと握りしめた、そこがわたしにとっての詩の出発点だった。幸せだったと思う。

丸山さんをお宅に訪ねてお話をうかがったのは、もう十年ほど前のことになるだろうか。その後、用事で福岡へ行った折、ご挨拶にちょっと立寄ったり、丸山さんが上京された時、短い時間お目に掛かったりしたが。

その折、詩の平明さについて話されたことが、いまも心に残っている。それは、どのように生きていくか、ということでもある。

それは、「世界と、素肌…で接触するういういしい心」（「詩への道しるべ」『定本丸山豊全散文集』）であり、「自分の生活の中で自分の言葉を、身近なところから辛抱づよくそしゃくしつづけ、その嘘をつかない言葉で詩を書くべきである」（「現代詩初学」『定本丸山豊全散文集』）ということだ。これは日常性に落ち込むこととは反対の、強く、清潔な決意を必要とする態度から発せられた言葉だ。

最近、臨床心理学ご専門のS先生から、夢をめぐるお話を伺い、印象に残ったいくつかのことがあった。その一つは、「飛ぶ」夢についてのお話で、それは圧力から解放され、あるいは、困難を克服し、自分の力で自由にやっていくことへの憧れを表しているのだそうで、そのとき寝ている本人の精神はもちろんだが、筋肉も緊張から完全に開放され、弛緩しているとのことだ。なるほどと思った。わたしは中学生の頃野球をやったのが尾を引いて、今でも町内会のソフトボールチームに入ってプレーを楽しんでいるが、バッティングのコツは、肩の力を抜くことにある。筋肉をむしろ「弛緩」させていなければ、球にミートさせ、打力を一瞬のうちに爆発させることは出来ない。自然な状態に自分を置く―それは詩でも同じことではないかと思う。「世界と素肌で接触する」という丸山さんの言葉を、わたしは以上のように拡大解釈してみるのだ。

突然ツルが見たいと言い出され、待てしばしもなく直ぐに車で数時間、夜明けの出水《いずみ》（鹿児島県北西端の市、ツルの渡来地がある）で、ツルの飛ぶのを見て、これでよしと、そのまま、また久留米へ帰って来られた—そんなエピソードを丸山夫人が笑いながら話して下さったことがある。丸山さんは、たとえばこのようにして、詩を書く筋肉を時折ほぐしていらっしゃるのだと思う。心身が柔軟でなければ、「辛抱づよくそしゃく」することも出来ないだろうと思う。さあ場外ホームランをかっ飛ばすぞとばかり、バットを渾身の力で握りしめ、肩に力が入ったガチガチの姿勢からは、深刻で難解な外観だけのつまらない詩や、奇妙にねじまがった言葉づかいの、その「奇妙さ」だけの詩や、どぎついイメージと観念のアクロバットの底の浅い詩しか生まれないことを、丸山さんの詩は告げているように思う。「ふつう」でなければ言葉のしんをとらえることは難しいのだ。

こうして、解説とは言えぬ文をつづりながら、ふと思い出したことがある。丸山さんが戦地から帰還される際詩を何かにローマ字で書きつけておかれた—というエピソードで、丸山さんから直接お聞きしたのだったか、あるいは「母音」の同人のどなたかの話だったか、それは覚えていないが、詩を書き始めた頃のわたしには、ひどく鮮烈だった。思い切って、丸山さんに手紙でそのことをおたずねしてみた。

「…さてお尋ねのこと——雲南省と北ビルマをさまよった戦地生活の敗走期は、つまり昭和十八年五月から昭和二十年九月までは、身近に紙というもの、文字というもののない朝夕でした。ビルマとタイの国境線上で野猿の声を聞きながら敗戦をむかえましたが、その後昭和二十一年五月いよいよ内地へ帰還するということになり、一切のノート・書籍を携行してはいけないとの指示があり、わずかに私たちの衛生部隊は、医書の所持だけは許可するとのことで、「軍医必携」（これも敗戦後に入手したもの）のあちこちにローマ字で落書風にしたためた従軍中のわずかな詩篇を唯一の記念として、ふところに収めてきました。久留米にかえりついてから、このローマ字から小詩集『孔雀の寺』をノートすることができました。この詩集は金文堂の出版です」

右のようなご返事を頂いた。

いま、わたしにとって詩は「たかが詩」である。しかし、明日から一切詩を書いてはならぬと言われたら、大そう困るだろう。飯はのどを通るだろうが、魂のひとかけら分くらいは壊疽の状態となるだろう。実用から遠い詩の持つ不思議な価値を、秘密をわたしは右のエピソードから感じ、詩人丸山豊の人間像の一側面を垣間見る思いがする。

この『日本現代詩文庫・丸山豊詩集』に『孔雀の寺』の詩篇は入っていない。「…五年間の戦旅から、冷酷と忿怒と悽愴の部分をとりのぞいて、素朴な回想の四行詩を得た。之は決して私の詩の本格ではあるまいが、私にとっては永久に捨去ることのできぬ素描帖となるであろう。…」（同詩集「巻末の言葉」より）の詩篇は、その二十二年後に書かれたエッセー『月日の道』に頁を譲ったと、そんな言い方が許されるように思う。

『月日の道』から十九篇が組入れられたことで、この文庫版は丸山さんの詩と倫理の底に錘りを降ろした一集になったと言えるだろう。月白（つきしろ）とは、「いま月が出ようとするときの空のしらみのことで、逃げまどう中国兵を追うて、はじめて雲南省に足をふみ入れたときの感懐である」（「雲南の門」）。

ここには収められていないが、「挿話ふたつ」という一篇に、わたしは強く心を打たれ、その印象はいまも心に突き刺さっている。

たぶん菊部隊の少尉だったと思う。かれがナロンの渡河点ちかくで私たちへ追いついたとき、つぎの話を聞かせてくれた。かれはマラリアの脳症をおこし道のべに寝たまま落伍してしまった。やがて雨にうたれて、運よく意識をとりもどしたので、竹のつえをたよりに部隊のあとを追おうとした。しかし、発作が勘をくるわせて、反対の方向へあるきだしたものらしい。山路の両側には、ぽつんぽつんと兵隊が死んでいる。その死んでいるはずの兵隊のひとりが、小さな声で少尉に呼びかけたそうである。

「少尉どの、少尉どの、それはあともどりになります」

「やあ、ありがとう」

数歩、くびすをかえしてから、ちらりとうしろをふりむいてみた。ゆっくり死なせてくださいよ、といった格好で、患者はまぶたを閉じていた。

このふたつの情景（この引用では、一つ目の挿話は省略―筆者注）はしごく無残なようで、じつはその場の私たちには、憤りのはての、かすかなユーモアさえもつ常凡な出来ごとであった。

この一篇にわたしは相当興奮した。高ぶった気持のままに考える。一つ視点をずらせば異常でない常凡はないだろう、と。だれでも、その人の親類縁者の一人か二人が、重い軽いは別として、なんらかの交通事故に巻き込まれた経験を持っている―と言えるのではないか。それが交通戦争下の「常凡な出来ごと」である。そして更に考える。右の一文の終りにある「ユーモア」を、もしかすると「不謹慎だ」と詰《なじ》る向きが、そういう気持をもつ人がいるのではないか—と。ユーモアというものは、これを味わうことは、その受信のアンテナを持っていればやさしいことだが、ユーモアについて述べることはむずかしい。わたしはそれを、ずい分長い間、感じつづけてきた。ユーモアは、ウフフと笑うことである。しかし、純真な笑いとは決して言えないように思う。不合理を憎んで、それを正そうという人がいたら、わたしはそれに反対ではない。不合理は不合理である。ただ、ここが誤解を受けそうな点なのだが、その不合理さを、面白がる、憐れみの情とともに味わう余裕から、ユーモアは生じるのだと思う。自分のなかの不合理を客観的に眺めることの出来る余裕でもある。詩はユーモアから生まれると言えはしないか。ユーモアを感受する精神を持ち合わせねば、偽善者やアジテーターの硬直した論理に乗せられ踊らされ、悲壮がって、それを生の充実と思い違いすることとなる。そういう手合いを眺めてウフフと笑うのはユーモアであろうが。ユーモアはほのぼのとしたものではない。それがすべてではない。場合によっては苦く残酷な側面を持つ。以上は、わたしなりの、右の一文の解釈、観賞である。

詩集『愛についてのデッサン』は、丸山詩の一つの展開を示す重要な詩集だとわたしは思う。しかし、決してやさしく読み取れる詩群ではない。デッサンという言葉に沿っていうなら、描かれた線が具象のそれのようでいて、ふと抽象のなかにまぎれ込んでいるからだ。丸山さんは「愛」という字に、これまでにない広がりや観念を滑り込ませ、新しい「愛」像を創り出したといえると思う。

いちばん新しい詩集『球根』のあとがきに、「詩は、『いざ』という志と『ああ』という咏嘆との二つに尽きると考えるのが、青年時からの私の持論の根である。…私の詩の理想は、「いざ」の初志から「ああ」に果てる道程にあった。…いまは詩をたどるには、むかしとは逆に、「ああ」を出発のバネとして、きびしい「いざ」に到達すべきではないかと考えている」と記されている。あらためて『球根』の詩篇を読み返しながら、わたしは何度も「なるほど」と頷いた。わたしは、いつも「ああ」に始まり、結局のところ「ああ」のなかで詩が終ってしまっていることに気付くのだ。

そうだ、丸山さんはこんなことを言ってらしたっけ。「川崎くん、ぼくは若い人たちによく言うの。ふるさとを愛しなさい。そして同時に、ふるさとを拒みなさいってね」

はじめのふるさとは、その人の情感や思想の根を育てあげた母なる生地、自然のことであり、あとの方のふるさとは、その人の日々の息づかいや思考を因循のなかに閉じ込めてしまいがちな精神風土を指す。

「私じしんは若い日、ふるさと脱出のおもいだけがつよく、愛する気持ちをないがしろにした。…生まれた村やその周辺の山・川の名さえ、なぜかうとましくおもわれた。…ふるさとに住みついた私は、足もとをみつめて今踏んでいる泥の一にぎりにも、私を歴史とむすぶ深い意味を知るようになった。そうなれば面白いもので土地の名前のイメージもすべて新しい美しい感じに変化してゆくのだ。私は現住所久留米市諏訪野町をこんなふうに呼んでみる。クルミ市スワンの町」

（「ふるさとの歌」『定本丸山豊全散文集』）

ふるさとへの愛の重力を錘りとしてもつからこそ、ふるさとのワクをするりと脱けることが出来るのだ。丸山さんの詩はその証でもある。

（『丸山豊詩集』解説　一九八五・八）

『母音』のころ

森崎和江

昨年、一九八九年の、春から夏へかけて、私は幾度か丸山豊先生にお会いした。これまでになく、しばしばお目にかかった。

それはちょうど私が詩誌『母音』に加えていただいた一九五〇年から二、三年のあいだのように。丸山豊先生に詩の世界へみちびいていただき、先生の最後の年にそのしめくくりのようにたくさんの話をいただいた。私はそのとき、地元放送局の『久留米物語』という同市の市制百年記念のドキュメントをつくっていたから、それにことよせて、幾度もおたずねした。

先生の温顔が消えない。

あの他人への思いやりと克己心とは、先生の生得のものかしらと思うけど、私にはよくわからない。ただ、初めて諏訪野町のお住いをたずねたときには、もう、あの静かな微笑だった。先生は小柄なのに、ひろい世界へさそいこまれるようだった。私には異和感のない世界がそこにはあるかに感じた。ふしぎなことだった。私は朝鮮で生まれ育って引揚者の生活だったから、ことごとくが異文化さながらで、つらかった。『母音』同人に加えていただいた。

療養所から出てまもないころのことなので、お宅へうかがうのも、ぼつぼつだった。先生のほかには同人の誰も知らない。

そして一年たった。同人に松永伍一さん、川崎洋さんが加わった。高木護さんはその前からおられた気がする。私も体力がついてきて、以前からの同人でよく『母音』のお世話をされる俣野衛《またのまもる》さんを別格にしながら、私たちは先生のお宅を思い思いにたずねたり、例会で顔を合わせたりしはじめた。たのしかった。菜の花畠を通って、筑後川の堤防で詩話会をした。青二才の私たちの勝手な放言に、先生はあまり口をさしはさまれない。ありがたかった。高木護さんが、ドブロクをかかえてきて、青天井下で飲みながら、何やらしゃべり合った。まだ喫茶店もない焼け跡の久留米の町である。

先生の口から、折々に野田宇太郎の名が出た。明善校時代からの文学仲間らしくて、十代当時に彼は文芸誌を出していたと聞いた。私たちが参加している『母音』は第二期で、それ以前に第一期時代があって、そこに野田宇太郎、安西均、谷川雁、柿添《かきぞえ》元《はじめ》、一丸章《いちまるあきら》そのほかの詩人たちが名を連らねていることをお聞きした。なぜ一期二期とわかれているのか、その連続性も非連続性も私は知らないまま過ぎた。ただ一途に先生をめぐってかもし出される批評眼と、関係の自由さとに私は救われていた。親鴨と子鴨の群のようなものだったと今にして思うのだが、しかしその当時の若い同人がみな私のようであったとは思われない。

わけても第一期以来の、先にあげた諸先輩と先生とは、まったく違った接し方であったろう。私は自分の生きる道をさがしあぐねていたから、『母音』の内も外もなく、ただ一篇の詩を書くことで一日生きるかのような心境でいた。詩と詩の隙間のくらいひろがりが、そのまま全部をおおっていて、日本で生きねばならぬことはなかなかにつらく思われた。私は『母音』にいながら、個人詩誌『波紋』を出しはじめた。『母音』は知的な抒情と、反骨性と、個人尊重とがのびやかに共存していて、私にはこの上ない土壌である。私は自分の作品の中から、一つを選び、同人たちの批評を受けることを支えとしていた。

けれども私の心はうめきつづける。苦しくてたまらない、と。とても愛せそうにない、と。それは母国・日本にたいするうめきだったから、母国に異和感を持たずに育って詩を書く同人の日本批判とは、おのずから深度が違う。それでもことばにすれば似てしまう。同じように見える。それがまた、つらさに、『波紋』を出したのだ。先生がいつぞやおっしゃったことばにすがって出したようなものである。それは二人で福岡へ行っていたとき、西鉄電車の中で、なんの関連もなしに、ぽつりとおっしゃったのだ。

「和江さんは原罪意識がつよいね。それは植民地体験からきたの？
ぼくも……」

そういわれた。

私にあのとき先生の痛みを推察する力量が育っていたなら、後年、『月白の道』を書かれた心境が、まだなまなましく話し出されていたろう。でもあのとき私は、涙があふれそうにありがたくて、沈黙していた。そのころ、植民地体験の意味について、気がつく人に私は出会っていなかった。その後も久しいあいだ。

しかしそこにふくまれている戦争責任に通ずる個人の魂の傷は、傷をなめあうような関係の中では、とても表現などできないことを知った。それは個々に発見するしかすべがない、人間としての課題のようだった。私は気がつかなかったのだ。詩人丸山豊の温顔の内側に、他人を殺傷して生還した人間の苦悩がたえまなく血を流していることを。

　それを自分の中にはっきり意識できたとき、先生は、ふいに、かき消すように、彼岸に行かれた。母音時代は私にとっての幼年期だったのだ。詩はもっと早くから書いていた。朝鮮にいた女学生のころから。療養所でもぽつぽつと。身体的にも大人になっていた。

　でも、私は幼児だった、あの当時。

　自分のことしか見えなくて。

　丸山豊や野田宇太郎が二十代なかばで詩誌『驕兒《きょうじ》』を刊行したのは昭和十年、一九三五年である。二人ともその志を通すことを、家業のゆえに断念して、郷里で文学世界を切りひらこうと決意されたのだろう。きっと大人だったのだ。世事にしばられながら世事を軽んぜず、詩心のはばたきに身をゆだねながら詩に流されず、しのび寄る戦争のけはいに青春が圧迫されることに抗っていた。

　私たちすべての者は、時代の中でしか生きえない。たとえその想像力や知性が時代を越えようとも。そのような個体がもつ限界性をしっかりと踏みしめて、同時代をあざけることなく生きぬくことは、なまやさしいものではない。魂はしばしばぼうめくし、血も噴く。

他人のそれを見る力が私にも欲しいと思う。先輩二人の人生を知るにつけて、そのような思いが湧いてくる。ことに身近かに接した丸山豊の詩と温顔をふりかえるとき。

（一九九〇）

『月白の道』に寄せて

木村栄文

「月白の道は雲南省となる」

月が上る前、ほのぼのと空がしらむひととき、ビルマから中国の雲南省とを結ぶビルマ公路が幻のように浮かび出る……この句には詩人、丸山豊（一九一五〜八九）の、「戦争のおくの戦争、異国のおくの異国へ歩を進める」という思いが込められています。

いま秋の放送を目指して、番組『月白の道』の制作に取り組んでいます。丸山豊の同名の戦争文学（創言社　一九七〇年刊、八七年再刊）をもとに、故人の戦中戦後を描くドキュメンタリーです。放送文化基金の企画選奨に選ばれ、戴いた制作費は一千万円です。

五月末には四日間、福岡市の郊外の山野をミートキーナの戦場に見立てて、水上源蔵役には夏八木勲さんが扮し、火薬を使うわ雨を降らすわ、エキストラが生きかわり死にかわりの大ロケーションを行いました。

丸山豊の名は、詩の世界以外ではあまり知られていません。福岡県久留米市在住の開業医で、戦後、詩誌『母音』を主宰し、谷川雁、松永伍一、川崎洋、森崎和江ら著名な詩人を世に送ったひとです。

原著の主舞台は、太平洋戦争下のビルマ、現ミャンマーの北部、イラワジ河に背水の陣を敷く日本軍の要衝ミートキーナです。昭和十九（一九四四）年五月、久留米で編成された第一八師団（菊）の一個連隊は、ここで中・英・米の連合軍に包囲されました。これを救援するため、中国雲南省に駐屯する兄弟師団、第五六師団（龍）の歩兵団長、水上源蔵少将（山梨県一宮町出身）は、歩兵一個小隊と山砲二門、砲兵、工兵ほかを合わせて二百名足らずを率い、救援に向かいます。本来、歩兵団長は一個師団一万五千名の中核、約九千名の長です。それが常識外の小兵力を与えられながら、黙して征ったのです。

丸山豊は、歩兵団司令部付の軍医少尉として、この水上源蔵という初老の軍人と身近に接し、一片の虚飾もない人間性に強烈な感化を受けました。

圧倒的な連合軍の攻勢に、ミートキーナ守備隊三千名は七月初旬、千六百名に半減しました。水上少将はビルマ方面軍の「死守命令」に反抗して八月一日、全軍に撤退命令を出し、四日、イラワジ河の中洲で自決したのです。丸山軍医は水上少将の左手首を切り落として胸に抱き、道もない山岳地帯を逃避行に入ります。この、雲南を発してビルマをよぎり、タイのチェンマイに至る二千キロに及ぶ行程の回想記が『月白の道』です。戦記でなく散文詩の秀作なのです。

「この一冊によって私は私の戦後をむすぶ。戦争の理不尽を訴え、同時に戦場において極限にまで痛めつけられたヒューマニズムが、しかもなお美しく屹立していたことを語ったつもりである」と再刊の序文にあります。

龍と菊とを問わず、現在七十代の老兵たちはいまも水上源蔵を閣下と呼び、閣下が自決した日の前後に毎年、東京の小平霊園ほかで慰霊祭を絶やしません。丸山さんも戦後、この「魂の司令官」を人生の手本にして、円やかな資性と詩精神をたくましいものに錬成していったようです。

戦後、一女を連れた戦争未亡人と結婚しましたが、生まれた二児には母親が再婚であることを説明していません。夫人（昨年死去）の言葉ですが、「そんなこと、主人にはどうでもイイことじゃなかったんでしょうか」。

昭和二十七（一九五二）年から十年間、丸山さんは熊本県菊池郡のハンセン病国立療養所・恵楓園へ、詩の指導に通っていますが、時には長男の泉さん（現・丸山病院院長）を伴いました。けれど「父は子供の私に『ライについて偏見を持たないため』とか、なにかを教育するため連れて行く、といった気配は素振りも見せませんでした。園の詩人たちと歓談する……あれが父には楽しみなだけだったと思います」と泉さんは回顧します。もともと、ひとに自分の考えを押し付けることが丸山さんは大嫌いでした。

恵楓園の文芸誌『菊池野』昭和三十年第四号の詩欄に載っている選評は、患者に向き合う姿勢がよく分かる文章です。

「……作品のうしろにある現実の痛切さと、詩のよしあしとは一応べつのものなのです。詩では当然、言葉の組合せをもって成立する表現によって、美しい感動が打ちだされねばなりません。現実が深刻であればあるほど、その深刻さに立派に耐えうる緊張した表現が要求されるわけで、かえって作詩が困難であるとさえ云えます。詩がすぐれて居れば、あなた方の病患はわれわれの魂の疾患をゆりうごかし、あなたがたの精神上の健康は、われわれの見せかけの健康を痛打するはずです（後略）」

私がたまたま別番組でインタビューした四日後、平成元（一九八九）年八月八日、丸山さんは孫たちとの海外旅行の途上、機上で意識を失い、アンカレッジの病院で逝去しました。七十四歳でした。

没後八年のいま、テレビ制作者の冥利に尽きる主題と立ち向っている、という実感があります。最後のインタビューのとき、撮影場所に指定した焼鳥屋へ、「仕方ないんです、このひとに頼まれたら断れなくてね」と現れた故人の笑顔が忘れられません。もっとも森崎和江さんの評語では、丸山さんとは「誰もが『自分が一番愛されている』と思わせる温容そのままのひと」なのでした。

〔きむら えいぶん／RKB毎日放送プロデューサー〕

（「文藝春秋」一九九七年九月号）

丸山豊さんの〝ほのかな匂〟に触れて

谷川　雁

丸山豊さんがパリへ向かう機上で倒れ、アンカレジで息をひきとったと山居の電話が告げたとき、片耳は昼すぎのひぐらしの声にふさがれていたので、にわか雨に会ったように体の半分にだけ事実がしみこみ、一分きざみに何かが重くかしいでいった。

口語では「丸山さん」とよび、手紙にはしばしば「大兄」と書いたが、長老とも先輩ともちがう、言いがたい近縁の情を抱いてきた身だから、たとえ意外な事態であっても、むしろ本人が出会いがしらに衝突した〈幸福〉の独特の相をみつける側にまわらなければという気がしてくる。

細い穴を通ってきた告知のあと、はや十時間経った。ムササビの宵のさけびも絶えた。三年前の通信をひろげる。「歳があけたら、今度こそ雁さんの山居をおとずれて、脱故郷の一しずくを口にしたいものです」。このあとさきにも何度となく、おぼろな予定で訪問の意志が強く記されていたものだ。例によってバネの利いた神経をのぞかせている細身の字体だった。そして去る六月、彼の上京と私の九州行きがすれちがって、最後の機会が失なわれてしまった。

だが、それさえもあながち悪いことではなかったと思いたい。

蛍が黄色の灯をともしても
それはだれにも見えないのです
ただほのかな匂のみが
かれのありかを知らせます
死もまたおなじです

(『草蛍』の一部)

入営を前にした青年のこの自信あふれる断念は、半世紀の間いささかもくずれたりはしなかったのだから。その彼はいま、太平洋を時計廻りに幾万年もめぐってやまぬモンゴリアンの影の列に加わって、アメリカ大陸を歩きはじめたわけだ。これ以上の脱故郷そして入故郷があろうか。旅の途上での終末というル・サンチマンはあのほろにがい潔癖さのとらないところだ。切断をためらいの一種とみなし、ためらいを切断の一種とすくいあげる弁証こそ、彼の詩法の震動する軸だった。

彼は見えにくい人ではなかった。それというのも、すすんで内部を透明に保とうとつとめていたからだ。それがあるときは詩の論理を倫理の領域に近づけ、あるときは好んで自画像を平俗に見せる手法になったとはいえ、世間が彼を自分自身に似た種族と考えるなら、錯覚もはなはだしい。もはやささやかな〈伝説〉と化した感さえある彼の主宰詩誌『母音』に集まった人々を数えて、それを彼の政治性の果実のように推理する向きがあるけれども、彼はいつも独立したひとりの詩人だった。他人に影響を与えようとせず自分も他人の影響から遠い人間だった。若者たちに酒を飲ませ、さまざまの面倒を見、ときにかれらと対立もした。

見えやすい彼の透明さの底に錘りをたらそうとした試みはすくない。人物も作品も、解剖しようとすれば、けっこうむずかしい対象なのだ。この透明は非情と有情の境い目を、油断することなく単純きわまりない律義さでねらいつづけている。あえて言えば、極楽も教団も否定しようとする親鸞の情念にちかい、彼の詩を筑後平野というはなやいだ環境にはいりこんだ懐疑の単結晶——つまりセルゲイ・エセーニン風の流紋玻璃にならないようにじっとがまんしている石のごときものと読む必要があろう。

彼は詩人であった。この一句は私にとって修飾のない献辞だが、しかも自分の内部が製造した謎の蔓草を首や足にまきつけようとしなかった点で、たとえば伊東静雄にくらべて、あきらかに現代詩の作者だった。だがいっそうおどろくべき事実は、詩人を詩人たらしめるより深い場所で、彼がまぎれもなく真実の軍医でありえたことだ。

知る人ぞ知る地獄の戦線、トウエッ、ミートキーナ地方の全滅にはじまる雲南、北ビルマからタイのチェンマイまで二千キロをこす大敗走のなかに彼はいた。彼の回想手記『月白の道』は、一見平凡な職業的義務感がどこまで衝撃力を高めうるかを示す、光あふれる文章だ。水びたしの壕にひそむ兵士たちはつぶやく。

――おれ、あのひろい青い海をするするとささ舟でかえりたい。

――おれは浮き身をしてゆく、重さがないんだもん。

こんな表白を聞きながら、まっしろな毬をつくってうごめいているウジを、一四一四竹のハシでとりのぞいてきた若い医者と軍人の結合体にとって、詩と死はただの同音ではなかったことを思う。丸山さん、その同義性の領域についに実体としてたどりつかれたのですか。Dの字をなぞった九日の月はとっくに落ちました。


(「西日本新聞」一九八九・八・一〇)

※同月二二日の葬儀で弔辞として代読された

『月白の道』　創言社　一九七〇年四月
　新訂増補　創言社　一九八七年一一月
　新版　　創言社　二〇一四年一月
『定本 丸山豊全散文集』限定版　創言社　一九七八年一一月
『野呂邦暢随筆コレクション2　小さな町にて』　みすず書房　二〇一四年六月
『日本現代詩文庫22　丸山豊詩集』（解説・川崎洋）　土曜美術社　一九八五年八月
『森崎和江コレクション――精神史の旅1　産土《うぶすな》』　藤原書店　二〇〇八年一一月

11ページ挿画　©Hiroko Hamada 2021/JAA2100180
142・144ページの写真は丸山泉氏提供

編集付記

一、本書は「月白の道」「南の細道」を収めた『新訂増補　月白の道』（創言社、一九八七年一一月）を底本として文庫化したものである。文庫化にあたり、適宜『定本 丸山豊全散文集』（同、一九七八年）、新版『月白の道』（同、二〇一四年）を参照した。

一、「軍神を返上した水上少将」（「文藝春秋」一九七一年六月号）と、『定本 丸山豊全散文集』から戦争・戦友に関する十篇を増補し、さらに、野呂邦暢、川崎洋、森崎和江、木村栄文、谷川雁の寄稿・追悼文を収録した。初出は原則として各篇の末尾に記した。

一、底本中、明らかな誤植と考えられる箇所は訂正し、難読と思われる語には新たにルビを付した。ただし、本文中の地名などは刊行時のままとした。

一、本文中、今日の人権意識に照らして不適切な語句や表現が見受けられるが、著者が故人であること、執筆当時の時代背景と作品の文化的価値に鑑みて、底本のままとした。

中公文庫

月白《つきしろ》の道《みち》
——戦争散文集《せんそうさんぶんしゅう》

2021年7月25日　初版発行

著　者　丸《まる》　山《やま》　豊《ゆたか》

発行者　松　田　陽　三

発行所　中央公論新社
〒100-8152　東京都千代田区大手町1-7-1
電話　販売　03-5299-1730　編集　03-5299-1890
URL http://www.chuko.co.jp/

ＤＴＰ　ハンズ・ミケ
印　刷　三晃印刷
製　本　小泉製本

Published by CHUOKORON-SHINSHA, INC.
Printed in Japan　ISBN978-4-12-207091-2 C1195

中公文庫既刊より

各書目の下段の数字はISBNコードです。978－4－12が省略してあります。

い-13-5
生きている兵隊（伏字復元版）
石川達三
戦時の兵士のすがたと心理を生々しく描き、そのリアリティ故に伏字とされ発表された、戦争文学の傑作。伏字部分に傍線をつけた、完全復刻版。
203457-0

い-103-1
ぼくもいくさに征くのだけれど　竹内浩三の詩と死
稲泉連
映画監督を夢見つつ23歳で戦死した若者が残した詩は、戦後に蘇り、人々の胸を打った。25歳の著者が、戦場で死ぬことの意味を見つめた大宅壮一ノンフィクション賞受賞作。
204886-7

い-130-1
幽囚回顧録
今村均
部下と命運を共にしたいと南方の刑務所に戻った「聖将」が、理不尽な裁判に抵抗しながら、太平洋戦争を顧みる。巻末に伊藤正徳によるエッセイを収録。
206690-8

し-10-5
新編　特攻体験と戦後
島尾敏雄
吉田満
戦艦大和からの生還、震洋特攻隊隊長という極限の実体験とそれぞれの思いを二人の作家が語り合う。関連するエッセイを加えた新編増補版。〈解説〉加藤典洋
205984-9

ふ-18-5
流れる星は生きている
藤原てい
昭和二十年八月、ソ連参戦の夜、夫と引き裂かれた妻と愛児三人の壮絶なる脱出行が始まった。敗戦下の苦難に耐えて生き抜いた一人の女性の厳粛な記録。
204063-2

ほ-1-18
昭和史の大河を往く5　最強師団の宿命
保阪正康
屯田兵を母体とし、日露戦争から太平洋戦争まで、常に危険な地域へ派兵されてきた旭川第七師団の歴史を俯瞰し、大本営参謀本部の戦略の欠如を明らかにする。
205994-8

た-43-2
詩人の旅　増補新版
田村隆一
荒地の詩人はウイスキーを道連れに各地に旅立った。北海道から沖縄まで十二の紀行と「ぼくのひとり旅論」を収める〈ニホン酔夢行〉。〈解説〉長谷川郁夫
206790-5